さみしいネコ

早川良一郎

みすず書房

さみしいネコ　目次

自由への道

テレビで定年退職者のドキュメント番組をやっていた。定年退職者の送別会が出た。集団で定年退職者が現れ、送る者、送られる者、お酒をのみながらラバウル小唄の合唱である。かなしいメロディの歌である。これでは大の男が涙を流しても仕方がない。かなしい画面であった。

「あれじゃ、もし定年を解放と喜んでいてもニタニタ出来る雰囲気じゃないですね。それでいて、あとの画面に退職者の家が出ましたけど、いい家で、いい庭があって、悠々自適の生活が楽しめそうでした。ラバウル小唄はいけませんや、これでもか、とかなしさを煽ってる」

と私は定年退職している友人に感想をいった。

「そう、ラバウル小唄じゃね。ウィンナ・ワルツでもやったらいいだろう」

しかしウィンナ・ワルツもどうかと思う。「春の声」では厚生年金が赤面するだろう。

私の送別会のとき、バック・グラウンド・ミュウジックがながれていた。ラバウル小唄でもなく、ウィンナ・ワルツでもなかったけれど、かなしい曲ではなく、明るい曲であった。そして送られる者は私一人で、満六十歳の前日であった。満六十歳で定年退職という就業規則である。

私はかなしんでいたか、喜んでいたか、ただ、会費を払ってこうも沢山集まってもらって悪いな、と思っていた。挨拶とおしゃべりに夢中で、ご馳走はほとんど食べなかった。いま残念に思っている。

立食パーティの形式だった。その準備をしてくれた女性は、いやに沢山バラの花を飾ってくれた。いくらの会費だか知らなかったけれど足が出たのではないだろうか。

「英国が好きなんだから、バラの花がいいと思って」

彼女はバラの花を一輪私の上衣の襟穴に挿してくれようとしたけれど、この頃の背広の襟穴はミシンでかがってある。伝統は重んじてくれなくては困る。胸ポケットにバラを挿してくれた。オスカー・ワイルドになったような気分であった。ワイルドが古いというのであれば、薔薇のスタビスキーでもよろしい。

送別会の中頃で女性二人が大きなバラの花束を一つずつくれた。こんな大きな花束を持って電車に乗るのかな、と思っていたら、家までハイヤーで送ってくれた。ハイヤーのなかにバラが匂った。こういうお勧めなら定年を待望したりしないで、もっともっと勧めたいと思ったりした。

しかしハイヤーで送ってくれたのは、三十年間に二度だけ、一度は丸ビルの階段でころびそうになり、変な姿勢で踏ん張ったら足の甲が腫れて歩けなくなったとき、それと今回だけである。

オクさんが家中にバラの花を置いた。どの部屋もバラが匂った。オトイレもバラの匂いがした。定年送別会はバラの匂いであった。これもラバウル小唄がなかったからであろう。

私はサラリーマンに定年があると知らないでサラリーマンになったのである。マスコミが定年のことを取り上げていない時代だった。もっとも戦前は定年はそんなにいやがるものでなく、

「長いお勤めご苦労さま」

とお赤飯で祝ったそうである。ラバウル小唄以前のことである。若いうち私は自分の定年後のことは考えなかった。若い、というのはそういうことをいうのだろう。したがって老後に備えての貯金なんてものは全然しなかった。自分の定年後について考えたのは五十を過ぎてからである。ある日、「もう八年で定年になるんだ」と思っておろおろした。

サラリーマンというものは、毎月サラリーを取り、毎月それを消費して生きている動物である。定年というのはサラリーが入って来ないことを意味する。糧道を断たれる訳である。憂鬱になった。

近所の駄菓子屋の前を通って、「こういうお店でも持っていることは、どんなに幸福なことだろうか」と思ったりした。新聞広告を見て六十歳の就職口の無いのに驚いたものである。

「あなたは定年の翌日餓死しますか」

定年不安を、ベレー帽をかぶった定年退職の先輩にいって、

「いや、餓死はしないと思います」

「それだったらいまから心配することはありません」

といわれたりもした。またべつの友人に、

「ベレー先生のいうとおりだと思いますよ、一年か二年前ならいざ知らず、八年も前からクヨクヨしたってしようがない。八年先のわが身、社会情勢なんかいまから分らんでしょう。だから手の打ちようだって無い訳だ。私はクリスチャンではないけれど、八年先の定年を気に病むよりは、今日を充実して、明日のことを思いわずらうな、明日のことは、明日自身が思いわずらうであろう、一日の苦労はその日一日だけで十分である、の心境でいいんだと思いますよ。八年先を心配して今日を無駄にするのはナンセンスです」

しかし定年を完全に思いわずらわなくなったかというと、たまには思い出した。しかしそれに備えてなにかをするかといえば、全然しなかった。そして定年二年前くらいになって、厚生年金と退職金の金利でどうにか生活出来ると分った。私の定年不安はいつにかかって経済上のことだけだったから、食べていけると分って、定年なんて恐くなくなった。これも安月給のおかげである。高給取りだったら、収入の減ることに随分と未練の残ることだろう。

私はバラの匂いに包まれていた。気持のいいものであった。そして失業者となった。

*

まだ勤めていた頃、年上の定年後元気でぶらぶらしている友人にきいてみたことがある。

「嘱託かなんかで残るというのはどんなもんだろう」

「いままでの職場に残るってのは、本人もそういう意識はなく、回りの者もそういう風に考えるという訳ではないけれど、どうしても現役とは違うという目で見られ、本人もそう考えてしまうもんですよ。いままでそういうことを考えたこともない職場で、そういう気持でいるっていうのは居心地のいいもんではありませんよ。私の友人でも何人か嘱託で残ったのがいますが、みんな現役のときよりはショボクレてますね」

「じゃ全然関係のない職場はどうでしょう」

「ありますかね。もしあっても年とってから新しい職場で一から出直してやるってのは、相当な覚悟がいるし、しんどいと思いますよ」

「じゃ勤めないというのはどうです」

「食べられればね、でも退屈しますよ」

定年後はイバラの道みたいな話になった。しかし私は餓死しないで食べていかれることが定年の二年くらい前に分ってから、定年不安症は消え去り、定年期待症になったようである。餓死しないで食べていけるかどうかということは、私および家族の生死にかかわる重大なことだけれど、これは私の勤め先が六十歳定年で、定年と厚生年金が連動することと、それに退職金の金利を足せば餓死しないですむという簡単なことである。簡単なことだけれど重大なことで、これが五十五歳定年のところに勤めていたら、私も呑気なことはいっていられないと思う。運命に感謝しなければいけない。私は私の定年をしかめっ面でなく笑顔で迎える決心をしていた。よしそれがイバラの道であろうとも、笑顔で迎える。月給が入らなくとも餓死しないんなら笑顔でいる。しかめっ面をしたって定年が逃げる訳ではない。武士は食わねど高楊子、サムライ日本、新納鶴千代にが笑いといった心境であった。

しかしなんとなく暗い感じで定年を考えているような風潮である。また全部が全部ではないけれど、暗い感じをあたえる人もいるのである。定年になってから、用事もないのにもとの職場をウロチョロする人もいる。本人はなつかしいのかもしれない、未練があるのかもしれない。しかし、そんなに人望のあった人ではないから相手にされない。こういう光景は暗いものである。また暮れにやって来て若い職員にカレンダーをねだっている定年退職者を見たことがある。これも暗い感じであった。私は人の振り見てわが振りを直そうと思った。定年が暗いものだとしても、ある程度は心の持ちようで明るくもなるだろう。

定年六カ月くらい前から、みんなやさしくしてくれる感じであった。きっと監獄でも執行期日の迫っている死刑囚にはやさしくすることだろう。

「もう定年なんですね」

いやに深刻な表情でいわれる。私が深刻でないのが申し訳ないみたいである。ただ回りのあたりがやわらかくなったのは心地良かった。だから私の定年に気付いていない人には、

「もうじき定年だよ」

と注意を喚起しておいた。職場は住み良くしておいた方がよろしい。

私の机からカレンダーが見られた。それをながめて私はもうじき好きな時間に映画を見に行かれるな、いつでもパイプ屋さんに行って好きなだけ油を売っていられるな、旅行に行きたくなれば日程は自由だな、そんなことを考えていた。楽しいものであった。定年前の数カ月はカレンダーをながめて、ニタニタしていた。にが笑いではない。

定年の日が近づいて、身辺やや騒がしくなってきた。

「月給はあんまり出せないけれど——」

という再就職の話もあった。いままでだって安月給である。随分安いであろう。やっと自由の身になれるのに、またドレイに戻ることもなかろう。お断わりした。とはいうものの再就職を考えてくれる私の勤め先は親切なところである。しかし私はボランティアではない。

「再就職しないんだね」

と私にいった人がいる。たいへんいそがしい毎日の人である。

「はい、なんかあわただしい毎日だったので、ここらでちょっとホッとしてみたいだけです」

と私がいうと、

「そうホッとねえ、ぼくもホッとしたいよ」

と疲れた表情でいったから、

「じゃおやめになったらいいでしょう」

そしたら、ハッとした表情をした。縁起でもないことをいうな、という表情でもあった。

最後の出勤の朝が来た。遅刻したってどうということはない。仕事は無い。しかし、ちゃんと定刻に出勤するのであった。サラリーマンの習性いかんともしがたいといったところであろうか。

池袋で地下鉄丸ノ内線の階段を下るとホームにいる人たちの固りが見えてきた。なにしろ人が多いから、人の固りである。電車が来ると人の固りが電車に吸い込まれる。私は、明日からはここへ来ないでいいんだな、ギュウギュウ電車に乗らないでいいんだな、とえらい幸福感で思った。にが笑いではない、微笑を浮かべて思った。

定年の朝は気分のいいものであった。

＊

定年の日の翌日に医者にいった。低血圧気味なのでときどき血圧を測っている。

「あれ、上ってる」

医者は笑っていった。血圧は偽わらずといったところであろうか。数日後、また測ったけれど正常である。血圧の正常はいまも続いている。

定年後、いつもの出勤時刻に目が覚めるというけれど、嘘だろう。よく眠れ、寝坊する。なにしろ夜寝るとき、明日を思いわずらわないで寝られるのである。心も手足ものびのびと伸ばして寝られるのである。熟睡する。定年後ハンコをついている夢を見て目覚め、布団に坐って溜息をつくという話をきいたことがあるけれど、嘘だろう。一日一日と背中にこびりついたものが剝がれるような気分である。

朝、起きたいときに起きる。いままでは、洗面、ヒゲ剃り、お便所、朝ご飯など時間に追っかけられていた。それが無くなった。すべてゆったり悠々とやる。ゆっくりとパイプがすえる。一服のパイプを中断することなくすえる。同じタバコかと思うほどタバコがおいしくなった。ご飯もおいしい。うちは標準米である。しかしおいしい。

仕事で新聞を読まざるを得なかったけれど、苦痛だった。定年後は気楽に楽しみながら新聞を読んでいる。意識しなくても、またなるべくそうでないように努めても、定年前は仕事中心の生活であり意識でありがちである。それが定年後は、人間中心の生活になる。視野は広くなり、宇宙が大きくなったようである。

動物のうちで言葉をつくり出したのが人間なんだから、本来人間はおしゃべりが好きなんだろうと思う。それが勤めていると人疲れ、おしゃべり疲れをして休日は一人でいたいなどということになる。定年退職後は、これが反対になる。家にいると人恋しくなる。おしゃべりがしたくなる。街に出て行きたくなる。それも元気一杯にである。友人のおしゃべりに耳を傾ける。街には賢者が随分いるな、と思う。聖人はあんまりいない。そこがまた楽しいところである。

街の風物もゆっくりながめる余裕が出てくる。戦後東京は変り、いまも変りつつある。東京生れの東京育ちの私は、どこへ行っても、なにかの思い出があり、変化に反応する。だから街を歩けば街が語りかけるという訳である。そして私は応える。公共輸送機関の料金の値上りもまた語りかける。三十円で行けたところが百円であり、十円で行けたところが七十円である。都バスと都営地下鉄に乗ると、なんだか鎌倉まで行ける料金の間違いじゃないかと思う。

友人と会っておしゃべりしたり、街を歩いているうちに楽しく一日が過ぎる。心は平安でのんびりしたようである。そして雨でも降ったら、音楽をきいたり本を読んだりしながら、人生と自分の関係を考える。中断することなくゆっくりと考えられる。なんか定年退職後はじめて人間になったような気持になる。

定年退職後はじめてのお正月が近づいた頃のことである。勤めている友人に会ったら、

「もうじきお正月ですね」

うれしそうな、晴々した表情でお正月を待っている。かつて私もそうであった。職場でカレンダーをながめて、あといくつ寝るとお正月とつぶやいてみたりしたものである。そして元旦はなんとなく新鮮であった。

「そうですね」

そういった私は、定年後、毎日がお正月みたいな気分で暮してきたな、と気付いた。毎日が日曜日という言葉がある。しかし、あれは定年退職の経験のない人がつくったのではないかと思う。毎日が日曜日ではない、毎日がお正月である。

つい最近、長寿眉をした、

「いつの間にか八十になってしまった」

と笑っている賢人から、定年後の心構えみたいなことをきいた。

「いくつまで生きようなんて考えないことですね。年をとると死とか死後のことを考えやすくなりますけれど、死の経験者に話をきくって訳にもいかんでしょう。人間には分りっこないことです。人間には生しか分りません。分る方のことを考えないで、分らないことを考えようとするから苦しむんですよ。生きている間、なにかしてりゃいいんです。年をとっているんだからネジリ鉢巻で仕事をする必要はない。実動一時間でも、二時間でも、三十分でもいい、なにかしてりゃいいんです。六十からそんなことを考えて勉強していたら、八十で本を出すことになってしまった。こつこつとなにかしながら生きているっていいもんですよ。楽しみばっかり求めるのはいけないな、楽しみのみを求めているといずれは欲求不満になる」

ちょっと耳が痛い。しかしもう少し私は人生を楽しんでいるつもりである。

ウナギと美顔ブラシ

私の子供の頃、私のおじいさんは定年退職して恩給暮しのご隠居さんであった。一週間に一ぺん、おばあさんと私を連れてウナギを食べに行った。お昼を食べに行くのだけれど、十時には家を出る。電車で、当時の言葉でいえば市電で三停留所先のウナギ屋まで歩いて行くのである。

ウナギ屋の二階についてから下に降りて泳いでいるウナギを見て、

「これと、これと」

食べるウナギを注文して二階へ戻る。ウナギ屋はこれらのウナギをつかまえ、料理するのである。出来上るまで二時間以上はかかったであろう。その間、おじいさんとおばあさんは悠々と待っていた。子供の私はこの時間がえらく退屈で欄間にかけてある額の七福神とにらめっこしていた。週刊誌も劇画も無い時代ではあったけれど、もしあったとしてもウナギの出来上るまでおじいさんもおばあさんも読みはしなかっただろうと思う。ウナギの匂いをかぎながら時間のたつのにまかせるという生活の術を身につけていたようである。

やっと出来たウナ重をゆっくり時間をかけて食べ、ゆっくり食休みして、それから帰る。家へ帰るのは三時過ぎであったろうか。

私は、いまオクさんが留守したときなど、ウナギ弁当を買ってきて食べる。電子レンジに入れるとアッという間に出来上る。そして私はアッという間に食べてしまう。おじいさんの時代と比べると、ウナギを食べるのは楽になったものである。楽にはなったけれど味気なくなったものである。

市電の停留所三つも先でなく、近いところにウナギ屋があった。そこの前を通って行きつけの店まで行くのである。近い方のは店構えも立派でなんとなく格式あり、といった店であった。停留所三つ先のと比較すれば迎賓館とベルサイユ宮殿の違いである。

私はどうして近くにあるウナギ屋に行かないのか、とおじいさんにきいた。

「あそこのは高いばっかりだ。ウナギは養殖で天然ではない」

おじいさんは、店の名前より自分の舌に忠実であり、分に応じた生活態度だった。昨今の経済機構は、分に応じた生活というのをやりにくくしている。もののはんらんするなかで私たちは高のぞみしては欲求不満になっている。分に応じての生活は天然のウナギと一緒にどこかへ行ってしまったようである。自分の舌で、自分の趣味で、要するに自分が主体になって食べるなり買うなりする人も少なくなって、コマーシャルで踊っているようである。踊っていれば楽しく浮かれていられるだろうが、お金はいくらあっても足りなくなる。

おじいさんは分に応じて主体性を確保していた生活をしていたけれど、子供心にはケチに見えた。不要なものは買わない。電灯のつけっぱなし、水道の出しっぱなしなどにはうるさかった。よく私は便所の電灯のつけっぱなしに、文句をいわれた。それが私がおじいさんをケチと思う理由であった。

月給取りの父はおじいさんと反対に、家中の電灯がついていないといやな方であった。それも明るい燭光の電灯をつけたがった。私は定年になるまでおじいさんの気持が分らなかった。部屋は明るく、どの部屋にも電灯がついているのが好きだった。街は電飾に輝いているのが好きで、戦争中の節電だとか灯火管制だとかで、お星さまばっかり良く見える暗い街はいやだった。浪費とケチの中間はむずかしいものである。

定年になって家にいるようになると、家のなかのあらが目につくようになってきた。家族の電灯の消し忘れに気が付く。水道の出しっぱなしに気が付く。こういうことには定年前は無関心だったものである。

私はおじいさんの気持が分ってきた。家にいると、家のあらがやたらと目につく。そして年金生活者は無駄な出費に口うるさくなるのである。

私はケチで口うるさくなったな、と思いながら家のことに干渉し出した。そしたら、

「パパは、ケチで口うるさくなったわよ」

オクさんと娘にいわれるようになった。しかしそういわれたからって、気にしなくなる訳ではない。私は文句をいいながら、つけっぱなしの電灯を消して歩く男となった。出費とエネルギーの節約にはなるかもしれないけれど、根性がケチになる。気持が萎縮してくるようである。定年の悪しき落し穴のような気がしてきた。

かく考えた私は、家にいて、家のことには無関心たるべく努力する。ところがこれが割りとむずかしいのである。

私は娘を愛でて育てて十九年。その娘は成長したが、どうも私の理想像とはかけ離れている。ドアをえらい音をさせて閉める。足でけることもある。私の育った時代、女性は、障子、襖の開けたては膝をついてということであった。ジーパンとホットパンツは躾という言葉を追放したようである。もっとも私の家には障子は二枚しか無く襖は無い。

「親孝行をしなさい。お父さま、お母さまを大切にしなさい。昔は親のために身を売った娘が多多あったんだよ」

というと、横を向いて、フンと鼻でせせら笑う。

ときに私のことを、パパ、ともお父さんともいわず、あんたという。ぶんなぐってやりたいと思う。この頃の親は子供をなぐらなすぎるという声もある。しかし娘は少林寺拳法の有段者である。反撃に出られたら私は負けるであろう。

強烈にしておかしな匂いのローションをつける。陽気が良くなってくると私のワイシャツの襟を旧日本陸軍の襦袢みたいに直したのにパンティだけで家の中を闊歩する。おつむのなかもいい陽気なんだろう。ご飯のときもパンティスタイルで脚を組んでいる。わが家の利用する東武東上線ときわ台駅、この二つ先の駅の名前を知っているんだろうか、と思う。

もっとも東武練馬駅周辺は家ばかり建って、かつての名産練馬大根は見るすべもない。それと野菜は高く、わが家では新鮮な大根二本買うこともない。見せるだけでも娘は親孝行している気なのかもしれない。

娘の部屋はドアである。開けるとすぐ洋服ダンスがあって、これもドアである。いつ頃からか、いつも洋服ダンスの戸を開けっぱなしにするようになった。こうしておくとドアを開けても娘の様子全体は見えない訳である。

ある夜、いそいでいたのでノック無しに娘の部屋のドアを開け、洋服ダンスの戸を押した。娘が見えた。娘は西部劇の田舎町の保安官のように机の上に足をのせ、タバコをすっていた。

「こいつ」

と私のいうのと娘のモミ消すのと同時であった。バレて娘はあわてていたけれど、それまでは孤独と静寂をタバコをすいながら楽しんでいたようである。すっていたタバコは米国製のハッカ入りである。これも流行であろうか。保安官スタイルですうのなら葉巻の方が似合うだろうにと思ったけれど、これは口に出さないで恐い顔でにらんでおいた。

洗面所を汚すな、となんども娘にいうのだけれど、石鹸の泡をまき散らす。歯を磨いたあとは鏡が白い粉であばたになっている。いくらいっても駄目である。それで私が洗面所の掃除をすることになる。ある日のことである。タイルの洗面器を掃除していた私は、洗面棚の赤いブラシに目が行った。娘がニキビ解消のためにつかっているものである。美顔ブラシというのだそうである。

私はニヤッとして、美顔ブラシで洗面器と鏡をこすったら、見違えるようにきれいになった。ここ数日、洗面所も娘の顔もきれいである。ある友人がこんなことをいっている。

「人間いくつになっても悪戯心を失っては駄目だよ。いくつになっても子供の心を少しでも持っていなくては。これの無くなった人間を本当の老化人間というんだよ」

なお娘のことを書くについてオクさんに相談したら、書いてもよろしいけれど、私がお風呂から出ると、パンツもしないで娘の前に現れること、いくら椅子がカビるからといっても濡れたままの体で椅子に腰掛けていること、娘のローションに勝るとも劣らないいくさいパイプタバコをすっていること、テーブルと着ているものおよび床を灰だらけにすること、これらを書いておかないのは平等の原則に反するといった。そして、もう一つつけ加えなければいけないことは、オクさんと娘のいないとき、私はよく電気の消し忘れをしていることである。

＊

私の定年友達で、音楽の好きなのがいる。

「ピアノをやっておけばよかった」

といったことがある。定年退職後の白髪の老紳士がスモーキング・ジャケットを着て、ピアノに向い、小犬のワルツを弾いているなんて、よき光景であろう。しかし、朝から夜まで、ピアノという訳にも参らないであろう。必ずや隣り近所から文句が来ることだろう。私はＦＭ放送かテープをきくだけである。自分ではなんの楽器もやらない。しかし、それで結構楽しいし、ときに音楽は催眠剤の役もするようである。一度、音楽会に招待されて、美人のフルート奏者を見て、私もフルートをやろうか、と思ったこともある。しかし私は美人でもないし、肺活量もある方ではないと考え、やめた。

私の音楽好きはこの程度のものである。しかし、音楽をききながらたわいもない空想の世界に遊ぶというのは楽しいものである。過去を思い出すこともある。過去をよく思い出すというのは、老化現象である、という人もある。また過去を思い出すということは、二度人生を生きることだ、といった人もある。

娘が中学三年のとき、私の勤め先が週休二日制になった。娘が学校は土曜日休みでないのに、土曜日休みになるとは不公平である。といったから、

「パパには夏休みも、試験休みも無いんだから土曜日が休みでもいいじゃないか」

といったら、

「試験も無いのに試験休みもないもんだ」

こういう娘である。音楽の趣味もそれ相応のものである。私は娘の年頃には、「ドナウ河の漣」「アルルの女」なんかをきいていたものだけれど、娘はブルース・リーにお熱をあげている。そういえば間諜X二十七号でディートリッヒがドナウ河の漣をピアノで弾いていたっけ。

日曜日になると、娘の部屋から、

「アチヤァ　ハチヤァ　ウー　アチチァ」

という奇声がきこえてくる。奇声だなどというと娘は、

「怪鳥音というのよ」

とくる。そして怪鳥音にうっとりとしている。まあスターにお熱をあげるのは父親の遺伝もあって仕方ないことであろう。

私は麻布材木町で育った。すぐ六本木である。十番から六本木に登る芋洗い坂という急坂がある。私の子供の頃だから、荷車を人間が引っ張ったり、牛、馬が引っ張る。ところが坂が急だか

ら登れなくなる。それを見ると私たちは駆けつけて押したものである。その報酬については考えもしないことであった。うちの近所では、よく自動車がドブに車輪を落す。運ちゃんは近くにいる子供に手を貸してくれと頼む。すると子供は、

「いくらくれる」

というそうである。ドナウ河の漣と怪鳥音の違いである。しかし娘の名誉のために書いておくけれど、私が郵便を出すのを頼むと、

「おだちんは」

というけれど、運ちゃんに要求したことは無いと思う。

ブルース・リーに熱をあげた娘は、少林寺拳法に通い出した。私は反対した。しかし娘とオクさんできめたことである。あえて反対を続ければ、ヒトラーの如き独裁者と見なされうちにいづらくなる。私はあきらめた。しかし、ドナウ河の漣で育った大正生れの私は、娘が長く広いスカートでウィンナ・ワルツを踊ったらどんなにか楽しいながめであろうか、と思うけれど、柔道衣みたいなものを着て、怪鳥音を発するのは不気味である。

日曜日のことである。娘が自分の部屋で怪鳥音を発した。それから怪鳥音のレコードを何回も何回もかけた。私は娘の部屋のドアを開けると、

「いい加減にやめたらどうだ。日曜日は安息日である」

といった。

「好きなんだからいいじゃないか。ふだんは勉強で日曜しかきけないんだから」

「それにしても、いったい何べんきく気なんだ」

「あと二十回」

「バカ」

私は娘の頭をこずこうとした、と娘は怪鳥音の奇声で拳法の構えをする。負けるもんかと私も怪鳥音らしき怪音をあげ見様見真似で拳法の構えをした。と、もう一部屋向うでオクさんといた愛犬チョビが、吠えながら飛んで来ると窓の外をうかがっていた。

「チョビはバカだなあ、パパの声をネコと間違えた」

娘と私は大笑いして、それから娘はチョビを抱くとオクさんに報告に行った。オクさんは私たちの方を見て、

「ネコが騒いでいたらしいけど、チョビが飛んで行ったわよ」

「やだなあ、ママの耳もチョビ並みだ」

「ネコじゃないの、なんの音」

「音楽鑑賞をしていたんだ」

と私はいった。

私のおじいさんもおばあさんも西洋音楽には縁が無かった。蓄音機渡来以前の生れであった。父は蓄音機を持っていた。ラッパのついたゼンマイ仕掛けのやつである。父はそれでレコードをきいていた。高尚なものではない。「酋長の娘」とか「船頭小唄」のたぐいであった。

私は中学生になってポータブルの蓄音機を買ってもらったと記憶する。鋼鉄製の重いものだった。針も鉄にメッキしたもので、サウンドボックスはいまのカートリッジの百倍の重さはあったろうか。鉄針でレコードをこすり、雲母板の震動を内蔵ラッパで拡大するというものであった。レコード針は一面ごとに取り替える。使用ずみの針がたまる。これを割り箸の先にくっつけ、紙の尾羽根をつけ投げ矢にするのも楽しみの一つであった。当時の建物は木造だし、板塀はどこにもあったから、的に不自由することもなかったし、ＰＴＡも無かった。

この蓄音機で私はドナウ河の漣をきいたのである。そしてある時期からアルルの女のファランドールが好きになった。娘の怪鳥音じゃないけれど何回もきいたものである。私は寝起きの悪い寝坊すけだったけれど、ファランドールをきくとしゃんとするのであった。だからレコードをすぐかけられるように用意しておいて寝る。目が覚めると布団のなかでレコードをかける。レコードをきき終ると気分良く起きられるという訳である。私は三日坊主という定評があったが、朝のファランドールは随分と続いたようである。

私の五十代のはじめの頃だったろうか。七十代の母がうちに遊びに来ていた。ラジオがアルル

の女のファランドールをやった。すると西洋音楽に趣味の無い母がちょっと笑って、

「おまえの好きだったのはあれだろう。いまでもあれをきくとおまえが起きてくるだろうとおみおつけを温めたのを思い出す」

といった。

そんな話をして、しばらくしてから母は亡くなった。私はいまでもときどきファランドールをきく。そしてファランドールで私を思い出していた母を思い出す。

＊

どこからか春風が吹いて来る。肌がそれを感じ、生きているというのはこういうことを感じることだな、と思う。事務所の冷暖房の風ではこういう気持にはならない。定年後はじめての春である。チョビと散歩しながら私はハミングしている自分に驚く。それは、碧空であり、小さな喫茶店であり、ラ・クンパルシータであり、巴里の屋根の下であり、月が鏡であったならであり、戦友である。結構歌詞を憶えていて、戦友は叙事詩であり痛烈な反戦歌である。と感心したり、時計ばかりがコチコチというのは、ゼンマイの懐中時計だから歌になるのであって、デジタル時計だったらどうであろうか、と考えたりする。

人が来るとハミングはやめる。追い越されると、きこえたかな、と恥しく思う。私は音痴であ

る。それなのにハミングするというのは春だからだろうか。木の芽どきで病状が悪化してきたのだろうか。

チルチルとミチルがえらい苦労をして、幸福の青い鳥を探し回ったけれど、結局青い鳥は自分の家にいた。そんな童話があった。私はハミングしながらの散歩がすむと安楽椅子に深々と掛け、チョビを膝にパイプをすう。ときどき目を閉じる。うちの壁時計はコチコチいう。悠久の時が流れている感じである。そういうとき、私はうちのどこかに青い鳥がいて、私を見ているのではないかと思う。青い鳥は、タバコの匂いが好きらしい、とも思う。オクさんと娘には評判の悪い匂いである。匂い音痴の人間もいるのだろう。

ある日、青い鳥に見守られながら、安楽椅子でうつらうつらしていたら、カゼ気味で医者に罹っているオクさんが戻って来た。

「長びくのでカゼじゃないかもしれないからって、病院を紹介して下さったわ。検査してもらいなさいって」

オクさんの顔は春に置いてきぼりをくったようである。

「ガンじゃないかしら。ガン保険に入っておいた方が良かったかしら」

中世は黒死病を恐れた。二十世紀後半はガンである。黒死病は死ぬ心配だけだけれど、ガンは死ぬまでの差額ベッドの心配もある。

「いまからガン保険に入って、三月たってから病院へ行ったらいいだろう」

「どうして三月待つの」

「三月以内だと保険が出ないんだ」

「じゃ三月待ちましょうか」

「すぐ行った方がいいだろう」

「恐いみたい」

「気分はどうだい」

「まあね」

「夫婦ってのはこんなことをいい合いながら、いつか死別するもんなんだね」

窓から春風が入って来る。しかし、いい気分ではない。きっと青い鳥は飛んで行ってしまったことだろう。

数日後、

「まだ病院へ行かないのか、早く行って来い」

「陽気がいいから混んでないかしら」

「バカ、デパートの特売場じゃあるまいし」

そのまた数日後オクさんはやっと病院へ出かけ、数日後結果が分った。なんともないというこ

読者カード

みすず書房の本をご購入いただき，まことにありがとうございます.

書　名

書店名

・「みすず書房図書目録」最新版をご希望の方にお送りいたします.

（希望する／希望しない

★ご希望の方は下の「ご住所」欄も必ず記入してくださ

・新刊・イベントなどをご案内する「みすず書房ニュースレター」（Eメール）を

ご希望の方にお送りいたします.

（配信を希望する／希望しない

★ご希望の方は下の「Eメール」欄も必ず記入してくださ

（ふりがな） お名前　様	〒
ご住所　都・道・府・県	市・郡 区
電話　（　　）	
Eメール	

ご記入いただいた個人情報は正当な目的のためにのみ使用いたしま

ありがとうございました．みすず書房ウェブサイト https://www.msz.co.jp で

刊行書の詳細な書誌とともに，新刊，近刊，復刊，イベントなどさまざまな

ご案内を掲載しています．ぜひご利用ください.

郵便はがき

料金受取人払郵便

本郷局承認

5391

差出有効期間
2024年3月
31日まで

113-8790

東京都文京区
本郷2丁目20番7号

みすず書房営業部
行

通信欄

(ご意見・ご感想などお寄せください．小社ウェブサイトでご紹介させていただく場合がございます．あらかじめご了承ください．)

とだった。

私はチョビを連れて、ここはお国を何百里をハミングしながら散歩をし、安楽椅子でパイプをすい、悠久の時間を体得する一日を過すようになった。オクさんの病気というのは、うちに不発爆弾があるような気分である。警戒警報解除である。

ある日私は安楽椅子で目をつぶり、時計の音をきいていた。心眼に青い鳥のいるのがうつっていた。平安な時間が刻々と過ぎているようであった。

「パパ、また寝てる。寝るんなら布団で寝なさい。カゼをひきますよ」

なんともないと分ったオクさんが、えらく元気になって、すごい声を出した。春雷である。私も驚いたが、青い鳥もさぞびっくりしたことだろうと思う。

定年の敵

定年の敵は、いろいろとあるだろうけれど私の見聞によれば、その最大なものは女房である。友人の一人は、定年になって、やっと自由の身になった。のんびり生活しようと毎日ベレーをかぶって、犬を連れて散歩を楽しんだ。そのためのステッキも買ってあった。

一週間ばかり、ベレーと犬とステッキが続いたであろうか。そしたら、

「よそさまがいそがしく働いているとき、あなたの態度はなんです。ご近所に恥しい。ブラブラ歩きはやめて下さい」

とやられたそうである。

仕方がないから毎日女房監視下で家にいたけれど、どうにも退屈でやりきれない。それに女房が恐い。月給を持って来ないと女房は恐い存在に変化するものらしいのである。女房監視下にあるのが面白くない友人は、夜行列車のみを利用して日本国一周をやった。しかし、帰ってくれば迎えるのは女房である。ベレーとステッキをあきらめた友人は、就職先を探して勤め出した。心

がけのいい友人は退職後にと書斎兼隠居所をつくっておいたけれど、いまほこりのすみかとなっている。愛犬は運動不足で元気がない。

またある友人は、定年退職後一カ月ばかりたったある日、奥さんとお昼ご飯を食べていたら、奥さんに、

「いままでは、食事のお世話はほとんど一度でした。お昼は会社、晩だってたいていは外食なさっていらしたでしょう。それが会社をおやめになってからは三度です。収入が減ったのに食費はふえる一方です。これからは一日二食ということにしていただけません」

といわれたそうである。二食となった友人は、ときどき自分でカップヌードルを買ってきて食べているそうである。

「奥さんも二食かい」

私がきいたら、

「いや、晩か朝の残りで簡単にやっとるよ」

「女房が残飯で亭主がカップヌードルか、侘びしいね」

「女房の魂胆はなんとかして住みにくくしておれを外へ出そうとしているんだ」

そうしてこのことをはっきりいった奥さんがいる。

「お仕事をおやめになってから一日中顔を合わせっぱなしでしょう。お気付きでないかもしれな

いけれど、あなたは口うるさくなりましたよ。毎日監視されてるみたいで窮屈でしようがないわ。お仕事を探すなり、公園で本を読むなり、なんでもいいですから昼間は家を出て下さい」

いまこの友人は二度目の勤めをしている。そして、こういっている。

「女房が死ぬか、おれが病気になるかしないと定年後の安息ってのはあり得ないんじゃないか」

もっと徹底した奥さんもいる。

「あなたが家にいるようになったんだから、こんどは私が働きに出ます」

奥さんはパートの仕事を見つけた。わが友人は女房の帰るのを風呂をわかして待っているそうである。

大家族で孫のいる友人がいる。その奥さんは孫が遊んでくれとか、ころがるとか、お菓子が欲しいとか、おしっことかいうたんびに、

「いい子、いい子、おじいちゃんにしてもらいなさい。おじいちゃんはお暇なんだから」

「おじいちゃんはお暇なんだから、が一オクターブ高いんだな。お暇が仇敵みたいないい方なんだ」

そう友人は嘆いて、

「お暇ってそんなに憎いもんかね」

またある友人は、定年と同時に娘は高校を卒業ということで生活設計を立てておいた。ところ

が娘は大学へ行くといい出し、奥さんは尻押しをした。友人は娘を映画にさそい出したり、勉強中にディスコについて話しかけたりしたのだけれど二流大学に合格してしまった。わが生活設計は狂った、と友人は嘆いている。

私は幾人かの友人の例を見て、定年の最大の敵は女房である、と結論した。

「きみは、よくいやな顔一つせずぼくを置いておいてくれるね」

とオクさんにいったところ、

「あなたは週休二日のところへ勤めて、しかも休暇ばっかりとって家でごろごろしていたし、ほかの人みたいに晩おそく帰ってお食事してくるなんてことは無く、朝、出てったと思うと夕方には帰って来たでしょう。定年後とそんなに変りはありません。お勤めするかわりにチョビと散歩してるみたいなもんでしょう。散歩してるか、昼寝してるかですから邪魔にはなりません」

「しかし収入が減って困るだろう」

「勤めていたって安月給でヤリクリを三十年やってきたんです。これからだって同じことですよ」

私がこの本を書けるのも、こういうオクさんがいるからである。だから、この本の扉には、

本書をわが妻に捧ぐ

とやるところであるけれど、男尊女卑の風土に育った私は、おかしくって書けない。そっとこ

のへんに書いておく。ここを読んだら一層オクさんは私にやさしくなることであろう。

＊

チョビとの散歩道に、小さなお寿司屋さんがある。隣りが物置きみたいになっていて、そこに大きな犬がいる。奥にいるときもあるし、入口前に寝そべって日なたぼっこをしているときもある。

私とチョビが前を通っても吠えなかった。それで安心していたら、ある日えらく吠えた。お寿司屋さんの奥さんが出てきて、犬のかわりに謝るのだった。

「いいんですよ。でもいままで吠えなかったのに」

「うれしそうに歩いているのを見てヤキモチをやいているんですよ。すいませんね」

以来お寿司屋さんの奥さんとは挨拶する仲になった。犬の方は、ヤキモチをやいてみたり知らん顔をしたりしている。犬のジェラシーは気紛れのようである。

ある日のことである。お寿司屋さんの犬は陽をあびて寝ころんでいた。そしてお尻のあたりに鳩が止まっているのである。鳩はお尻のあたりを歩く。ワン公はうるさそうに首を上げて追っぱらおうとする。ちょっと鳩は羽ばたきをするのだけれど、ワン公のお尻に逗留しているのだった。

翌日、お寿司屋さんの前を通るとき鳩はいるかな、と思って通った。ワン公は寝そべり、鳩はお尻のあたりにいた。

それから鳩のいる日もあった。ワン公だけの日もあった。ワン公も鳩もいない日もあった。お寿司屋さんの奥さんに会った。ワン公と鳩はいなかった。

「いつも吠えてすいませんね」

奥さんは会えば犬にかわって謝ってばかりいる。

「今日はいませんね」

「散歩に行ってるんです」

「元気そうな犬ですね」

「ええ、でも昨年自動車にはねられて、後ろの足に金属を入れているんです」

「鳩がいましたよ」

「あれ、自分でくわえてきたんですよ。見たら子供に石でもぶつけられたのか足を怪我していたんです。それで薬をつけてやったら良くなったんです。自分で見つけてきたせいか随分可愛がっていたようです」

「もういないんですか」

「直って飛べるようになったらどこかへ行ってしまいました。戻って来ないかと待ってるんですけれど、犬がさみしがってるんです」

私は家でこの話を娘にした。

「その犬自分の足が悪いから鳩に同情して連れて来たんだよね」

いいことをいうなと思ってきいていたら、

「犬に会いに行こうよ。そしてお寿司を食べてこようよ」

といった。

それからもお寿司屋さんの前を通っているけれど、まだ娘にお寿司を食べさせていない。鳩も見かけない。気のせいかワン公はつまらなさそうな顔で日なたぼっこをしている。

ある夕方、本を読んでいたら犬の話が書いてある。書いた人は、犬を愛し、大切に育て、というより家族の一員として共に生活したのであった。その生活が書いてあった。

犬が十三歳になり、歯は抜け、動作はもっさりとするようになったある日、犬が飼主の膝にのっかってきた。そして飼主の瞳をのぞきこんでから目を閉じた。これが犬の最期であった。

私はそばにいたオクさんに、

「この犬の話読んだかい」

「ええ、どんなにか可愛かったでしょうね」

「ぼくも死ぬときは、あんたの膝までなんとかしてたどりつき、長い間有難うございましたとあんたの目を見詰めてから永遠の眠りにつくことにする」

そしたら、

「まあいやらしい」

私のそばから離れるのだった。いささか定年病でヒガんでいる私は思うのであった。オクさんには月給、犬には愛情であろうか。

「チョビ」

呼んだら、ストーブの前でネコみたいにごろっとしていたチョビが体をブルっと振ってから私の膝にのってきた。ポカポカにあったたかい。私はチョビの体をなでて、

「おまえホットドッグになっちまうぞ」

チョビは目を開いて、

「バカなことをいうない」

私の顔を見てから目を閉じるとスヤスヤ眠った。

＊

定年になった人がいた。なんにもすることが無いので一日中寝ころんでテレビを見、お菓子を食べる。そうしたら太ってき、ものぐさになり、電話がかかってきても起き上らない。そういう毎日を半年ばかり続けていたら病気になってしまった。

という話をきいた。

またある人は、定年になってからやっぱりテレビばっかし見ているけれど、そのためにえらい博識になった。カーター教書からパンダの出身地あるいはフランス料理から中国料理。物価の動向から円価格。古典文学から劇画までなんでも知っている。

「そういうことはおじいちゃんにきいてごらん」

百科事典のかわりにされているという話をきいた。

なお、ＮＨＫのニュースを欠かさず見、地下鉄の階段の長く急なことをこぼすようになったら老化現象だそうである。

私は余りテレビは見ない。もっぱらチョビと散歩と銀ブラで一年を暮した。

冠婚葬祭は出ない。定年で社会人としては葬られたのである。それを冠婚葬祭という社会のしきたりに出ることはない。

老人になって寒い日、暑い日にお葬式に出るのは、体にたいへん悪いことだろうと思う。寒い日に友人の葬儀に参列して心筋こうそくを起して倒れた人がある。それに、どっちみち短期間のうちにお仲間に入るのだから、

「おれのときもこういう段取りかな」

なんて考えるだけでも精神衛生に良くない。

冠婚の方は、まあホテル商魂の思うがままとなって、新郎がピエロみたいな服装でローソクをつけて回ったりする。涙無くしては見られない。それに冷凍エビはおいしくない。そして来賓、友人の祝辞とくる。これに耐えるということは精神衛生によろしくない。

浪人になったら、せめて行動は勝手気儘でありたいと思う。私はつとめてそのように暮すのを理想としている。食事はおいしく、夜はよく眠れる。あした何時に起きなくてはならないということが無いと、人間は実によく眠れるものらしい。

ある夜のことである。眠っていたら、サイレンの音で目が覚めた。だいぶ近いところだな、と思っているうちにまた眠った。

しばらくして、

「お隣りが火事よ」

という娘の声で目が覚めた。なにやら近所が騒がしく、人声がきこえていた。

オクさんが起き上った。

「本当」

「みんな集まってるよ」

オクさんは着替えると、娘と外へ出て行った。私は、布団のなかで目をつむったまま、こりゃえらいことになったわいと思った。チョビを抱いて、と思ったら瞼に二階の部屋にあるパイプが浮かんだ。まずチョビとパイプを持って逃げ出すということになるであろう。全部は無理であろうから、あれと、あれを持ち出そう。銀行の貸金庫を借りとけば良かった。しかし貸金庫に入れといたんじゃ日常つかえないではないか。火事は人騒がせだ。安眠は乱されるしパイプの心配はしなければならないし、と寝たままそんなことを考えていた。

ざわついた物音は続いていた。しかしオクさんたちがすぐ帰って来ないので私は安心して布団のなかにいた。

火事の好きな友人がいて、一緒に国電に乗っていたら火事が見えた。友人は無理やり私をさそって途中下車して見に行ったことがある。

「江戸っ子の血が騒ぐ」

といっていたけれど私にそういう趣味は無い。

オクさんの声がきこえた。ご近所の人と話している声である。やがて娘と一緒に家に入って来た。

「放火らしいんだって」

「いやねえ、でも消えて良かった」

誰れ誰れさんが帰って来て火を見つけて、消火器を持って飛んで行ったんだ、などと娘がいっている。

ご近所の誰れ誰れさんが私には苦手で、名前も顔も知らないのである。突然の雨の日、駅でポカンとしていたら、可愛いお嬢さんが、

「私はもういりませんから、おじさんどうぞ」

とさして来た傘を貸してくれようとするのだが、誰れだか分らない。おそるおそる名前をきいたら、火事でない方のお隣りのお嬢さんだったことがある。

イブン・サウド王は、三十何人子供がいて、宮殿の庭で挨拶した女に、

「お前は誰れだ」

「あら、あなたの娘ですわ」

といわれたそうである。家の近所にはお嬢さんが大勢いる。お隣りのお嬢さんの顔が分らなかったということもあり得るのである。

火事騒ぎもしずまってきて、娘は自分の部屋へ。オクさんはまたパジャマに着替えて布団に入った。私はチョビとパイプの心配から解放され、また安らかに眠った。

オクさんも娘も私に一言も声をかけなかった。火事で動転して私の存在を忘れたのであろう。それはそれでよろしい。私は消火器ではないのだから。

しかし、翌朝、

「お隣りが火事だっていうのに寝てるのは何事ですか」

とオクさんがいい、

「そうだよ。お隣りのオバさんがオロオロしてるのにパパったら起きて来ないんだから」

娘は雷同する。

「だって消えたっていうんだからなにも起きることはないだろう」

「消えたって、お隣りが火事のときは起きてお見舞いをするもんですよ」

「定年になってからは冠婚葬祭とボヤには出ないことにしてるんだ」

そう威張ってはみたものの、オクさんのいうとおりだと思う。しかし、定年というものは眠ったら起きるのがいやになるものである。

銀座のネオン

サラリーマンになってから定年まで皮靴をはいての行き帰りであったとある日気付いた。ネクタイがサラリーマンの必需品なら皮靴もそうである。ネクタイはすぐそうだったのにと気が付いたのに皮靴の方は後からであった。人間うわっ面に目が行ってしまう。皮靴に申し訳ない。

「お風呂に入ったら湯舟のなかで足の裏を叩いたり揉んだりして、一番下でお役に立っている足をいたわってやらないと長生き出来ませんぞ。会社も同じことで、上にばっかり良くしないで下もいたわってやらなくちゃいい会社になれませんね」

若い頃、ある老社長にいわれたことがある。いい言葉だと思う。ただ、いい言葉は現実には余り実行されないことであるという欠点がある。社長の居眠りは許されるが、下っ端の居眠りは叱られるというのがサラリーマンの世界である。定年になって昼寝、居眠りの自由を満喫している。

私の友人で一緒に街を歩くとよく靴屋をのぞき、入り、気に入ったのがあるとすぐに買ってしまうのがいる。靴道楽とでもいったらいいのだろうか。

「靴は木型を必ず入れてしまっとくもんだ。磨くときはだね、布に靴墨をつけて靴にこすりつけるなんてことをしてたんじゃ駄目だよ。人指し指にじかにつける。それもちょっぴりだぜ。そして靴にすり込むんだ。それからよく洗ったフランネルでこする。そして上質のウイスキーを靴の甲のところにたらし、フランネルでこする。それからまた人指し指で靴墨をほんのちょっぴりつける。フランネルでこする。ウイスキーをたらす。フランネルでこする。これを十回くらいやると普通の靴でもエナメル靴くらいに光沢が出る」

こんな講釈をしてくれたことがあった。私は高いウイスキーを買ってきて、自分の靴を磨いてみた。うちのなかでやり出したのでオクさんが新聞紙を敷けとうるさかった。光沢は出たけれど手が痛くなった。こういう面倒なことは一回でやめた。残ったウイスキーはオクさんがちびりちびりと数日間で全部のんだ。えらい高い靴の磨き賃だった訳である。友人の方は相変らずウイスキーで磨いている。光沢の出た靴に木型を入れて、部屋のなかに一列に並べてながめている。いい靴を沢山持っているのである。そのくせ会社の出勤には平凡な靴をつかっている。どうしてか、ときいたら、

「ラッシュの電車では靴が可哀相じゃないか」

といった。

私は靴が可哀相なラッシュの電車に三十有余年乗って何足靴のお世話になっただろうか。戦争

中は代用靴といってサメ皮でつくられた靴をはいたこともある。配給になったんだろうと思う。雨に会ったらペラペラになってしまった。サメなんだから水に強いと思ったけれど、そうではなかった。はく靴が無くなってスキー靴を引っ張り出してはいたこともある。戦前のスキー靴は格好悪く頑丈で重かった。毎日はいて歩いていたら、なんとなくフランケンシュタインを思い出した。戦中戦後のことである。ハングリーなるフランケンシュタインである。重い靴でヨタヨタ歩いていたことだろう。

定年になったらほとんどネクタイをしないし、皮靴もはかない。ゴム底のカジュアルシューズで通している。なにしろよく街を歩き回る。ゴム底の方が調子がいいのである。銀座は土曜と日曜、歩行者天国になる。毎日のように銀座へ出ているくせに土、日も行かないと落ちつかない。土、日の銀座の表情は平日とはまた違う。人も街も柔和になるようである。

ある歩行者天国のとき、銀座四丁目に立って新橋の方を見たら、新橋の高速道路が見えた。それから京橋の方をながめたら、京橋の高速道路が見えた。銀座は見通しの良い街である、と感心するのであった。どうも都会にいると遠くは見通せないものと私は思い込んでいたようである。

それで友人と銀座を歩いたとき、

「この四丁目、尾張町といった方がいいですかな、ここから新橋と京橋が見通せるってことを歩行者天国で発見しました。戦争前も見通せましたっけ」

「見えたと思いますよ。ただ電信柱だとか電車が通っていましたから歩行者天国ほど見通しは良くなかったでしょうけれど」

と友人はいった。そして昔を思い出したのだろう。

「京橋にビュイックの広告ネオンがあったのを憶えていますか」

「ええ、日本橋の方から来ると左側の上の方にあった大きいやつでしょう」

「ええ」

「あれを見ると、ああここから銀座なんだな、と子供心に思ったもんです」

銀座四丁目の交叉点で友人と別れた。友人は地下鉄へもぐった。私は四丁目から京橋の方をながめて、戦前京橋にあったネオンの広告はビュイックではなく、シボレーだったろうと考えた。

それでそのつぎに友人に会ったとき、

「ビュイックでなくシボレーだったんじゃありませんか」

といったら、友人はちょっと考えて、

「ビュイックだったと思いますよ」

それで私は銀座に戦前からあるお店の人に京橋のネオンがなんだったかきいてみるのだが、ビュイックだったかシボレーだったか曖昧模糊としている。ビュイックだろうがシボレーだろうが、昔あった広告が、いまどっちだってなんの影響もないことである。しかし年をとると若い頃の思い出というものは大切なものになる。俗に老化現象という。

戦争前、円タクはシボレーとフォードであった。ダッジ、ビュイックなどは高級車の部類に入り、ハイヤーか自家用車だった。自家用車といっても、いまのように誰れでもという訳ではなく、少数のお金持ちだけで、それも自分で運転する人は少なく、運転手を雇っていた。国産車でダットサンという小型車があり、お医者さんがつかっていた。四十キロで急カーブをきるとひっくり返ったものである。

戦争になった。人も馬も軍隊に取られたけれど、自動車もまた軍隊にとられたのである。自動車が街から姿を消した。街は風通しが良くなったが、不便でもあった。たまに自動車が走った。陸軍の自動車で、前輪のわきに色つきの小旗が立てられるようになっていて、将校が乗っていると旗をつけた。階級で旗の色が違っていた。歩いている兵隊はその旗を見て敬礼した。こんな時代、私は富士山麓にあった戦車隊と浜松の航空隊の参観に行ったことがある。戦車隊で私はちょうど視察に来た陸軍大佐の一行と一緒になった。大佐の一行も明日は浜松の航空隊へ行くので私を一緒に自動車に乗せていってやろう、ということになった。尊大な大佐でご同行はうれしくなかったけれど、自動車便乗は当時の交通事情からいって有難いことであった。

戦車隊の参観がすんで、大佐一行の自動車は富士駅近くの旅館に向った。佐官の乗車中を示す小旗をつけてである。歩いている兵隊がいると運転している兵隊が警笛を鳴らした。兵隊は自動車に向って敬礼した。便乗者たる私は助手席にいた。歩いている兵隊は私に敬礼する訳ではなかったけれど、ちょっといい気持であった。トラの威を借るキツネの気分である。

旅館で夕食を一緒にした。戦車隊差し入れの一升びんを三本ばかり並べ、その頃は火鉢に炭というものがあったので、それでお燗をしながら酒盛りがはじまった。私はお酒がのめない。素面で将校連の酔っぱらった話をきいている。勇ましい話をしていた。「ワシントン城下の誓」なんて言葉が出てきた。「東条大将の派閥」なども話題になっていた。私はパイプをすいながら黙っていた。楽しくはない。しかしこれも自動車便乗の代価である。

酒盛りは長時間、蜿蜒と続いた。

大佐の部下は大尉一人と中尉二人いたのだけれど、ちょっと席をはずしたように見えた大尉は戻って来なかった。やがて中尉が一人ずつ部屋を出ると、これも戻って来なかった。みんな大佐が大酒のみなのを知っていて適当に逃げ出したのである。酒をのまない私が一人で大佐の話相手となったのである。

私は自分のタバコをすいきって、大佐から朝日をもらってすっていた。大佐は酔っぱらっているから、一本タバコに火をつけると、一、二回すってすぐ火鉢の灰に突きさし、なにかしゃべり、ぐいとのみ、また一本タバコをくわえ火をつけ、一、二回すうと火鉢の灰に、という動作を続けていた。火鉢にはタバコが行列していた。その頃タバコは配給だったので勿体ないなと思いながらタバコの行列をながめていた。

真夜中を過ぎただろうか、幼年学校の思い出を語っていた大佐が、

「おれが軍人になった訳はな」

といい出した。

「靴がはきたかったんだ。おれのちっさな頃おれの村で靴をはいているのは村長と小学校の校長だけだった。おれは靴のはける人間になりたかったな。子供心にどうしたら早く靴のはける人間になれるか考えもし相談もしたもんだ。そしたら幼年学校へ行けば靴がはけると分った。おれは幼年学校の試験を受けた。口頭試問があって、なぜ軍人になりたいのか、ときかれたから、靴がはきたいからであります、と答えたら、正直でよろしいってほめられたよ」

尊大で近よりがたいと思っていた大佐が、親しい人のように思えてくるのであった。大佐の朝日が無くなった。私たちは大佐が一度すったタバコを灰から抜いてすった。パイプに吸殻をほぐして入れて大佐にすわせたら、大佐は喜んでいた。

「さあ寝るか」

大佐は自分で布団を敷くと下着だけになってもぐり込んだ、と思ったら鼾をかいているのであった。私は朝日の吸殻をポケットに入れると自分の部屋に行った。三時過ぎであった。

翌朝、軍の自動車が迎えに来た。大佐の一行はピカピカに磨かれた長靴をはいていた。私の短

靴はくたびれきっていた。私は助手席でちいさくなっていた。運転手は兵隊の姿を見かけると警笛を鳴らした。大佐は尊大な態度で答礼していた。部下からタバコを手に入れたのだろう。朝日をすっていた。私には一本もくれなかった。人には二つの顔があるようである。

こんなことがあって、三十有余年が過ぎた訳である。

私はゴム底のカジュアルシューズをはいて銀座を歩きながら、京橋のネオンサインと大佐が乗せてくれた自動車は、たしかシボレーだったと思ったりしている。

＊

定年になると、もとの勤めが失われたふるさとのようになつかしく思い出されるものだろうか。私はまだそのような気持にならない。なんだかこのまんま定年も勤め先も忘れてしまうんじゃないかと思える。故郷忘れ易しであり、毎日を定年退職者だ、定年退職者だ、で暮している訳でもない。定年というものは定年になるまでの間考えるものであって、定年になってからは日々忘れ去るもののようである。

私の勤め先は、ささやかな年金をくれている。勤め先からは送って来ないで信託銀行から送って来る。源泉徴収票が必要になって、銀行に電話をかけたら、勤め先からもらってくれといわれた。

「おかしいよ、払っているところで出すべきだ」

と友人にこぼした。

「だから勤め先からもらえっていうんだよ」

「だって送ってくるのは銀行ですよ」

「銀行は勤め先に年金業務を委託されて送ってるだけですよ。源泉徴収票は支払者が発行するもんです。あんた銀行から年金をもらってると思ってたんですか」

「ええ」

「どこの銀行が勤めたことも無いあんたに年金をくれますか」

友人はあきれ顔であった。定年になって勤め先とは付き合いが無くなって、銀行とは三カ月ごとにお付き合いがあるもんで、銀行からもらってるものと錯覚を起したらしいのである。もとの勤め先にはなんとも申し訳ない。

私は麻布材木町に生まれた。そこが故郷である。戦争が終って都電で材木町を通ると、古びた銀行の建物があって、なつかしかった。その銀行の建物によっかかって父の帰って来るのを待ったり、友達とメンコをしたり、ときには市電のレールの上に耳をつけ、電車が来ると分るとサイダーの口金を置いて、ペシャンコに轢かせたものである。自動車はほんのわずかしか走っていなかったから交通事故の心配は無かった。いま、路面電車は無くなり、銀行はあるけれど現代建築で安っぽくなり、子供の遊び場は無い。私の生家のあとは、一階が珈琲店で二階が美容院になった。材木町に行っても故郷に来たという気持はない。もっとも私は材木町で育って田舎は無かったから故郷という言葉をきいても実感はなく、私は故郷の無い人間だと思っていたようである。

私は軍隊に取られ満州へ連れて行かれた。コンピューターは無い時代であったけれど、私の出生届を受理した区役所は、就学通知、徴兵検査の通知、召集令状の配達とそつなくやったものである。徴兵検査は区役所で行なわれた。そこで私は区役所に私の名前と生年月日が記録されているのは恐いことだと思ったものである。個人が国家に管理されているというのは近代国家に生れた者の宿命であろうか。

東京駅の前には丸ビルしか無くて、駅前は広場だった。私はそこに集まって、汽車で広島へ運ばれた。東京駅のホームは日の丸の旗を持った出征兵士の家族の人たちで一杯であった。それまでの教育によると、出征兵士も見送る者も喜び勇んでいて、泣いたり、キスするのは西洋人だけだということになっていた。しかし私がはじめて見た別れの光景では、相当数の見送人が涙を浮かべて日の丸を振り、出征兵士はしょんぼりしていた。キスが無いだけで、あとは東洋も西洋もなかった。こんどはキスもあるだろう。

汽車が動き出して、東京駅から有楽町を過ぎた。私は窓から見なれた風景、建物、広告を見ていた。そして日比谷映画劇場の丸い屋根が過ぎ去ったとき、目と胸が熱くなってきた。故郷を離れるんだ、とはっきり感じ、いま去っているのが故郷だと分ったのである。兵隊に取られてわが故郷を知ったという訳である。

広島へ行き、宇品から貨物船で朝鮮に渡り、それから汽車にまる二日か三日乗って北満の果てについた。兵営のあるだけの荒涼としたところだった。また日本へ帰れるだろうか、と心配しなかったのは、若かったからだろうか。兵舎についたら、三年兵といって、三年軍隊にいる古兵がいた。私が東京から来た兵隊だと知ると、私のところへやって来て、

「国際劇場はなにをやっている」

ときいた。古い兵隊たちは、自分の故郷の兵隊を探しては、故郷のことをきいてなつかしそうにしていた。しかし古兵がやさしかったのも二、三日のことで、恐しく意地の悪いものとなった。故郷ムードは去り、軍隊は軍隊であった。私は夜、眠る前に、東京を、銀座のネオンを思い出して、えらいところへ来てしまったもんだ、と思った。

何カ月かたって、私は病気になって入院ということになった。軍用トラックで病院へ行くのであった。衛生兵が付き添っていた。軍用トラックは、凸凹した満州の赤土の上を走っていた。

「おまえもいま入院したんじゃ、ろくな兵隊になれんな」

ちょっと普通の兵隊よりはやさ男の衛生兵がいった。

「そうですか。退院したら衛生兵を志願します」

やさ男の衛生兵は、恐い顔になって、

「おい、衛生兵だって立派な兵隊だぞ、ようしおまえが退院したらおれが鍛えてやる」

私は、こりゃうっかり退院しようもんならひどい目に会うぞ、と思いながら小さく見えていく兵舎をながめていた。衛生兵のことを軍隊ではヨーチンというあだ名で呼んでいた。自衛隊にも衛生兵はいるであろう。どんなあだ名で呼ばれているんだろうか。

入院生活は、寝台の上でごろごろしているか、病室のまん中にある大きなテーブルでタバコをすったり雑談したりして一日をおくる。患者の多くは呼吸器疾患であったから喫煙は禁止されていた。しかしみんなタバコをすっていた。軍医も衛生兵も看護婦もやかましいことはいわなかった。陸軍病院には嫌煙主義者はいなかったようである。

三カ月ほどたった頃、私の隣りの寝台に大男の兵隊が来た。大男ではあったが、私と同じ入隊したての二等兵であった。私は彼に病院のしきたりを説明したりして、先輩ぶった。彼は私より頑丈に見え、立派な体格をしていた。しかし病気は私より重いようであった。北海道出身で、

「おれ、軍医殿にどうだっていわれたから、『こわいです』っていったら、軍人がこわいとは何事だって叱られたけど、おれの方では、だるいってことをこわいっていうんだよ」

といったことがある。早く両親を失い、叔父さんに育てられたといった。軍隊前の職業は見習船員だった。

「叔父さんには恩返しをしなくっちゃ。叔母さんもいい人だ。母親みたいな人だ」

よくそういっていた。私がタバコをよくすうのを見て、

「おれ、タバコも、酒も、女も——一生懸命働くだけだったな」

私がタバコをすすめたら、

「いらないよ、タバコは体に良くないよ。おれ早く直って退院したい」

といった。それからも退院したい、というのはよく口に出した。そのたびにちっとも退院したくない私は良心をゆさぶられたものである。

彼は手を見せたことがある。荒れていて、皮と爪がむけた汚い手であった。射撃演習で、彼は的の下で旗を振る役をした。どうあたったか旗で教えるのである。そのとき、手を引っ込める直前に弾が来て、手を掠ったのだ、といった。私の手も作業や訓練で汚くなっていたけれど、彼に比べればまだしもであった。私が黒い爪の生えかかった彼の手に同情すると、笑って、

「初年兵で弾の下をくぐったのは、おれくらいのもんだろう」

と自慢した。

一カ月ばかり彼は私の隣りの寝台にいたろうか。ずっと熱が下らず、重症患者のいる病室へ移された。ある日、私のところへ間違って配達された手紙を届けにほかの病室へ行った。陸軍病院は広かった。満州の土地はただみたいなものだったのだろう。長い廊下を通って病室へ行き、手

紙を渡し、病室を出ようとしたら、驚くような大声で私を呼ぶ者があった。大男の彼であった。

彼の寝台には白い玉がぶら下っていた。白い玉をつけたのは護送患者といって移動するとき付添の必要な者、赤い玉をつけたのは担送患者といって、担架で運ぶ患者、なんにもないのは、一人で動ける独歩患者と区別していた。私の隣りにいたときの彼は、私と同じ独歩患者であった。彼は寝台の上であぐらをかいていた。護送患者にはなっていたけれど、元気だった。体重をきいたら私より十キロ重かった。

「軍医殿がおれの病気は長くかかるから内地でゆっくり直せ、といったよ」

と彼はいった。退院するのはあきらめているようだった。

彼は元気になったのだろう、私の病室へ遊びに来たことがある。私は数人とテーブルでお菓子を食べていた。

「酒保でこんな菓子売っているのか」

私の後ろで声がすると、大きな手が菓子をつかんだ。見れば彼であった。彼は菓子を頬張って病室を出て行った。われわれはあっけにとられて見送っていた。

病院では当然のことながら酒は禁じられていた。しかしまた当然のことながら古兵たちは、どこからか手に入れていた。ある夜、古兵たちは酒盛りをはじめ、酒癖の悪いのが、態度が悪い、といって私たち初年兵全員にビンタをくらわした。私は彼に会ったとき、このことを憤慨した。

「兵隊に来てビンタをもらうのはあたりまえだ」

憤慨するのが間違ってるみたいにいった。

私は日本の病院へ転送されることになった。彼もである。転送の途中満州のどこかの駅で汽車の乗換えの間待合室にいた。売店があって、彼はなにか買うとやって来て、

「これ酒保で売っていなかった」

板チョコを見せ、食べていた。私も買って来ようかと思って、いくらだったときいたら、十五銭であった。日本で十銭で売っているものであった。なにも満州で五銭高いものを買って食べることもないと思って、私はただ彼の食べているのをながめていた。満州から朝鮮へ行って、朝鮮にある陸軍病院についた。寝台は離れていたけれど彼と同じ病室だった。

「この病室の患者は全員独歩患者だからみんな使役に出るように」

衛生兵が入口で怒鳴った。すると寝台にいた彼が、もっさりとした動作で起きると、これまたもっさりとした歩みで衛生兵の前に来ると、

「自分は護送患者だと軍医殿にいわれました」

ちょっとした剣幕でいった。衛生兵は一瞬キョトンとしたが、

「よし、よし」

といった。

彼は寝台に寝たきりでいた。食事も寝台の上で食べ、私に湯呑みを振って見せ、湯をつがせた。八度代の熱が下らないでいた。ある夜、消灯直前に気持が悪いといっていた。その真夜中、私は軍医と衛生兵の話し声で目を覚ました。病室には電灯がついていた。

「院長殿を呼んで来るように」

軍医が衛生兵にいっていた。三十分ほどで院長が来た。彼を診察した院長はいろいろ指示して帰った。彼の寝台のわきに小テーブルが持って来られ、注射用具などが並べられ、彼の寝台の一角は白いつい立てで囲まれた。やがて彼の手当が終って軍医たちは帰った。

翌朝、彼は大きな声で同じうわ言を繰り返した。

「カルピスがのみたい、故郷で死にたい」

カルピスで私たちは笑った。故郷で死にたい、のときはみんなしんみりしていた。のましてやりたくとも病院ではカルピスを売っていなかった。

朝、私が白いつい立てのなかの彼を見舞ったら、彼はほほ笑んで、

「目は見えるけど耳がなにもきこえない」

と大きな声でいった。土気色の顔をしていた。

その夜の消灯後、眠っていた彼は「苦しい」とか「カルピスがのみたい」と叫び出した。兵隊の一人が報告に行った。軍医たちがどやどやとやって来た。私はつい立ての隙間から見える軍

医たちの動きを見ていた。急に軍医の動きが激しくなると彼の病衣の胸もとを開いて胸に注射した。注射針が折れて欠けた注射針が突っ立っていた。軍医は注射針を抜いて、また注射しようとしてやめた。彼は死んでしまったのであった。朝まで彼はそのまま白いつい立てに囲まれた寝台に置かれていた。朝、看護婦が来ると死後の処置をし、衛生兵が屍室へ運んだ。その夜、私は寝つかれなかった。カルピスを飲ませてやりたかったのにと思った。銀座のネオンを思い出した。黒ん坊美人がストローでカルピスをのんでいるものであった。私は無性になつかしく故郷を思い出していた。私も彼も二十一歳の青年だった。

私はカルピスが好きである。いまだにときどきのんでいる。ことに熱があるときは必ずカルピスがのみたくなる。そしてのむたびに大男の彼と銀座の黒ん坊美人のネオンを思い出すのである。たしか、カルピスの味は初恋の味と広告していたように思う。カルピスの味は甘酸っぱい味である。

シラムレンの涙

出世をしないサラリーマンだった。一流大学を出なかったからだろうか。いまはなんでも自分のせいにしないでほかのせいにするのがはやっているから、その伝でいけば、私が一流大学に行かなかったのは、銀座があったせいだといえるだろう。あるいは映画があったせいだろうか。

その頃日劇は出来たてでＰＣＬ（東宝映画の母体）の映画をよくやっていた。日劇ダンシングチームのパンツは長く、股下三寸以上という国の規則があった。お臍を出してもいけなかった。随分と細かなところへ干渉していたものである。数寄屋橋に橋があって、号外売りと乞食がいて、どっちも帽子をかぶっていた。橋の下には川が流れ、東京湾に捨てに行くおわい船が通っていた。邦楽座（今のピカデリー）の裏が見え上映中の題を書いた看板が見えた。

よく銀座へ行った。麻布材木町から銀座四丁目までバスが一区で、一区は十銭だったか、十五銭だったたか。バスはフォードでエンジンが前についているやつである。夏になるとエンジンカバーを開いて湯気を出して走っていた。ドアは無く鎖が一本あるだけだった。カバンを前にぶら下げたバスガールがいて、満員になるとお尻を外に向けてステップに立った。風で紺のスカートがまくれると赤い腰巻きがちらちらした。冬は寒かったろう。

私はニキビも薄いヒゲもまだ無かったと思う。人生というのはヒゲの生えてくるのに正比例して憂きことが多くなってくるようである。その頃の私の憂きことといえば、学校の試験くらいのもので、それもビリを覚悟すればのんびりしたものだった。映画が好きで帝国劇場や日比谷映画劇場へよく行った。それから銀座へ行った。たまにはブラジルとかコロンバンとか資生堂パーラーに行く。お小遣いの少なくなったときは、プレンソーダにする。プレンソーダというのは一番安い飲み物で十銭だった。お砂糖を入れれば面白いようにあぶくが出て、甘いソーダ水の味になった。ソーダ水だと十五銭から二十銭だった。誰かがご馳走してくれればオリンピックでショートケーキを食べる。オリンピックのショートケーキは牛乳にひたっていた。これを食べると豊かな気分になった。三十銭だったろうか。いま牛乳にひたったショートケーキを出す店の無いのはどうしてだろうか。私は一人のときは食事もショートケーキもコーヒーも滅多にとらなかった。日比谷映画劇場五十銭の時代である。映画にお小遣いはつぎ込んでいたようである。口腹の欲よりは心の糧を求めていたのであろう。

銀座を歩くのも気持がちょっと緊張して豊かな気分になった。ウインドショッピングという言葉はまだ無かったけれど、そんなことをしていたのだろう。そしてたまになにか買う。伊東屋のドイツ製キャステルという鉛筆一本であったとしても、なにかお宝を手に入れたような喜びがあったものである。

その頃の麻布材木町は住宅地で、六本木は一連隊と三連隊の軍隊の街で、本屋と活動小屋があるだけだった。歩いて楽しむ街というと銀座しか無かったのである。銀座は東京のオアシスであった。銀座を歩いていると知った人によく会ったものである。

私はよく銀座のバーに行った。制服制帽のまんまである。「十八歳未満及び学生お断り」の小さな看板が、そういう店の入口に出たのはもっとずっと後のことだったろう。バーに行ったといってもお酒をのみに行く訳ではない。父に会うためである。霞ヶ関に勤めていた父は、帰りに銀座のバーに寄り友人たちとひとときを過ごしていた。それで私はバーで父に会い、ときにお小遣いをねだったり、なにか買ってもらったりしていたのである。

バーに行くことを奨励したのは父であった。

「若いうちからこういうところの雰囲気にふれていると年をとってから溺れない」

と中年過ぎてから酒の味を憶え、バーなどの雰囲気を知った父は、こんな勝手なことを私にいったものである。しかし中学二年生よりは、中年過ぎてからの方が楽しいだろうと思う。私はいま紅灯の巷で酔いしれたいと思う。しかしお酒がのめない体質である。たまにそういうところに連れて行かれることがあっても、ジュースをのみながら昔の父の言葉を思い出すと落ちつかなくなる。私は中学二年生の気分になり、どのホステスも私より年上に思えてくる。父の作戦は効を奏したのだろうが、私は面白くない。

服部時計店（いまの和光）の大時計は、いま水晶時計だけれど、その頃はゼンマイか電気時計だったろう。その銀座四丁目を新橋の方へ行って、つぎの角を右へ曲って、その先の路地を右へ曲って、ちょっと行くとシラムレンというバーがあり、そこが父の行きつけの店であった。他には行かなかったようである。熱帯植物の鉢植えがあったろうか。箱形の蓄音機があった。ゼンマイ仕掛けのである。女給さん（その頃ホステスという言葉は無かった）が二人いたろうか、それとマダムである。みんな和服であった。

私は父と同じにシラムレンが好きであった。そうだろう、きれいなおねえさんがインドリンゴを上手にむいてくれた。額に特徴のある瓜実顔のマダムはやさしかった。私は父の来るのを待ちながら、バーテンと路地でキャッチボールをしたり、蓄音機をきいたりしていた。ラ・クンパルシータでありポエマ・タンゴでありマイ・ブルー・ヘブンであった。好ましい雰囲気であった。その証拠にその頃習った因数分解の方程式はきれいサッパリ忘れているけれどシラムレンの名はいまだに憶えている。シラムレンは花の名だと教わったように記憶する。中学の博物では教えない名である。中学の博物の先生は頭がつるっ禿なのでホタルの逆、つまりギャボというあだ名であった。あるとき私は授業をしている先生をじっと見詰めていた。先生は、「なんだい」と私の前に来ていった。私は、「先生の頭を一度でいいからさわってみたいと思っていたんです」と正直にいった。そしたら「ほれ」先生は頭を私にさし出した。私はおそるおそるなでてみた。先生の頭は妙に冷たい肌ざわりだった。しかし先生はいつも温かい感じの人だった。

どうしてそういうことになったのかは憶えていないけれど、私はシラムレンのマダムと帝劇へ行った。バーのマダムと映画に行った中学生というのは麻布中学で最年少記録保持者だろう。映画は「ロイドの牛乳屋」と「アトランティス」の二本立てだった。料金は女の人と一緒なのだから男の私が払った。もっともあとから父に請求出来るとは思っていた。ロイド、キートン、チャップリンは私にとって三種の神器みたいなものであったろうか。私はロイドの牛乳屋が見たかった。最初にアトランティスをやった。大西洋の海底深く沈んでしまう島を舞台にした大悲恋メロドラマであった。それが終って、さあロイドだぞ、と思っていたら、隣りのマダムがハンカチで涙をふいているので驚いた。泣き腫れている。悲恋メロドラマのせいと分った。

「出ましょう」

マダムは私を引っ張るようにしてロビーに出た。

「このまま出ましょう」

女心の感傷の分る年ではない、まだロイドの牛乳屋を見ていない、といって頑張った。

「この気持のままでいたいの」

マダムは赤い目をしばたたいていう。私は女の人っておかしいな、と思いながら頑張り続けた。

「千疋屋のフルーツポンチを食べさせてあげる」

私は赤い目にきれいなハンカチをあてながら、フルーツポンチといったマダムの顔をいまでもなつかしく思い出せる。が、フルーツポンチの買収に負けたか、頑張り通したかは憶えてない。

私は半世紀前の帝劇のロビーを追想して、頑張らないでフルーツポンチを食べたであろう、その方が良かったんだ、そうしただろうね、と思ってみる。ところがどうもはっきりしない。落ちつかない気持である。じれったいものである。

亡くなった人の思い出は、生きている者にじれったい思いをさせることもあるようである。

*

ものがはんらんしている。そうなるともっともっと欲しくなるんだろうか、それとももものにうんざりして飽きてくるんだろうか。この頃ものを買わなくなった。定年後の老化現象かもしれない。レストランにも行かなくなった。税金がついて、サービス料がついて、そしてサービスはアルバイトがしているようなのである。雰囲気を好むというより、バカらしい思いがまき起る。これも老化現象だろうか。

「定年になったらゼニ勘定は忘れろ」

といった友人がいるけれど、その方は現役中でも余り考えなかった。誰れだってお金を欲しがっている。そして日本銀行は無尽蔵にお金を発行している訳ではないのだから、目の色変えて欲しがるのはバカらしいというものである。じっと我慢である。私の子供の頃もそうであった。小学校へ行く前、お金は持たせてもらえず、買い食いはご法度であった。お金の存在とお金でものが買えるということは自然に知るまでは教えてもらえなかった。まん中に穴のあいた十銭玉を出せばミカンが三つ自分のものになると分ったときは、えらい驚きであった。魔術かと思った。

お使いに霞町まで行って、そこでお金をくすねたことがある。針金を買いに行って、細い針金にしたか、長さを短くしたのか、そんなことをして、三銭くらい誤魔化したと思う。それで果物屋でスモモを一つか二つ買った。その頃バナナは疫痢になるからといって夕食後は食べさせてもらえなかった。リンゴは必ず皮をむいてであって皮ごとかじらせてはもらえなかった。コーヒー、紅茶は大人の飲み物で子供がのむと頭が悪くなる。そんなかんだでスモモも食べさせてもらえないものの一つだった。いささか時代がかったことだけれど、乳幼児、子供の死亡率はいまよりずっと高く、腸チフスなんかで随分死んでいたのである。私の小学校友達で医者の息子がいたけれど、おそばでもうどんでもかけならよろしいけれど、種物は中毒の危険があるからと禁止されていた。私の食べる天プラをうらやましそうにながめていた。

私は親の許さぬスモモが無性に食べたかった。それで針金のお金をくすね、スモモを買ったのである。うちで食べる訳にはいかない。私は霞町から材木町への坂を登りながらスモモを夢中でかじっていた。筒袖の和服だったろう。

「こら」

父の怒鳴り声であった。金物屋でも果物屋でも良心に反することをやった訳だから時間がかかっていたのだろう。帰りの遅いのを心配した父が迎えに来て、現行犯が見つかってしまったというところである。父は私の手にしたスモモをむしり取り、道に捨て、私に平手打ちをくわせ、着物の襟をつかむと私を投げ飛ばした。私がひっくり返った道は、まだ舗装がしてなかっただろう。そんなにしてまでかじったスモモだけれど、いま水蜜は食べるけれどスモモは食べない。これも老化現象であろうか。

小学校へ通うようになってからは、お小遣いももらえたし、買い食いも天下ご免になっていた。お小遣いというものはもらったときはウキウキするけれど、減ってくるとションボリしてくるものであった。おじいさんは、通信簿に甲があると、甲一つについて一円くれたものである。その頃の小学校の成績は甲、乙、丙、丁で表されていて、乙のことをオシドリといったりした。「なんだおまえオシドリばっかりだな」といった具合である。三学期あるから年に三回私は特別のお小遣いがもらえる訳である。甲は勉強しない割りに多かった。もうちょっとで全甲というところであった。通信簿に操行というのがあった。これは学校でのお行儀でつけられるのであって、採

点は先生の胸三寸にあった。私はずっと乙だった。ある学期末の近づいたとき、どういう拍子だったか先生と話をした。そして、

「操行を甲にして下さい」

私は率直に申し入れた。象のような目をした、太った丸い顔の先生だったが、しばし小さな目をむいて私を見詰めて、

「甲をやってもいいよ、悪戯をしなければな。なにしろおまえは悪戯小僧なんだから」

「おとなしくします。甲を下さい。おじいさんから一円余計にもらえるんです」

「こいつ」

先生は恐くない表情で私をにらみつけた。その学期末の通信簿を見たら操行が甲になっていた。以来ずっと操行は甲であった。悪戯の方はずっと続けていたと思う。一円で人間の性格は変るものではないだろう。だから毎月、三十幾年、月給をもらっていても勤勉なるサラリーマンではなかったのかもしれない。月給で人間の性格は変らないだろう。しかし、うんともらっていたらどうだか分らない。

小学校へ行く道に「孝養堂」という名前は立派だけれど小さな店があって、簡単な文房具と子供の好きそうなもの、メンコ、ベーゴマ、オモチャのピストル、それにつかう煙硝、癇癪玉、パチンコなどを売っていた。癇癪玉はパチンコで飛ばすと、遠くまで飛び、確実に爆発した。いま

でもちょっとやってみたい気分である。学校の行き帰りには孝養堂に寄って目を皿のようにしてなにか面白いものはないかと探したものである。誰れでもそうする訳ではない。優等生は孝養堂で時間つぶしはしなかったようである。しかし私と同じことをしているのもいることはいた。同級生で足が悪く軽いびっこだったけれど、喧嘩の強いのがいた。私と仲が良く、一緒に遊んだ。孝養堂でもよく一緒になった。うちが商売をやっていてお小遣いは私より豊富だった。メンコと癇癪玉の所有量は私より多かった。学校の成績も私と似たもので操行はオシドリだったろう。

小学校を卒業してから。私とは中学が違ったけれど、よくうちへ遊びに来た。彼の制服の生地は私のより上等のようであり、お小遣いも裕福であった。おたがい孝養堂のメンコからは卒業していた。映画であり、ジャズであったろうか。私のうちへウクレレを持って来て、一、二回きいたレコードの曲をすぐ弾いてみせて、音痴の私を感心させたのもその頃のことである。ウクレレは駄目なので、私は秘蔵のピストルを自慢した。神田、神保町の玩具屋で買ったもので、六連発、薬莢みたいような構造になっていて、弾の出ないように銃口はつぶれていた。ピストルを見た彼は、

「譲れ譲れ」

と大騒ぎで、ウクレレはやめになった。私が銃口をくりぬいたら弾が出るはずだ、といったら、目が坐ってしまって、持ったピストルを離さない。譲ることにした。彼は自分のものになったピ

ストルをいじくりながら、

「銃口をくりぬくのにはどうしたらいいだろう」

というから、同級生のブリキ屋の新ちゃんのとこへ行けば穴を開ける道具があるだろうと思う、といったら、早速行こうということになった。ブリキ屋の新ちゃんは大阪へ仕事見習に行っていて、お父さんがいた。

「そんな危いことは出来ない」

彼の望みをきき、ピストルを見た新ちゃんのお父さんはいった。しかし彼は粘った。根負けした新ちゃんのお父さんは鉄板に穴を開けるドリルを貸してくれた。

「うちで借りたとは誰れにもいってはいけないよ。おじさんは、なんにつかうか知らないで貸したんだよ」

またうちに戻って、二人でピストルの銃口をドリルでくりぬいた。随分時間がかかったと思う。銃口が労苦の末開通したら彼は薬莢に煙硝を入れ、銃口に空気銃のバラ玉を数個入れた。その当時空気銃は自由販売だった。庭へ出て板塀に向けて彼はピストルを撃った。バラ玉は板塀を貫通した。彼はえらいご機嫌でウクレレとピストルを持って帰った。おたがいに中学の成績に操行が無いのはご同慶の至りであった。

やがてピストルは卒業する年頃になった。ジャズとウクレレも気がひけることであった。中国で日本は戦争を起していた。その頃私のうちは貧乏になっていて、私はお小遣いを持っていなかった。あるとき彼に会ったら彼は私を銀座に連れ出して、ご飯をご馳走してくれた。余り銀座へも出ず、ご馳走も食べていないだろうからという友情からだったろうか。フロリダキッチンで食べたと思う。高いものではなかったけれど、おいしくうれしかった。それから銀ブラをして、パイプ屋のウィンドをのぞいて、彼はスリー・ビーの小形のパイプを買った。銀ブラをしていたら、街頭写真屋が私たちをとった。その頃箱型のやや大きい写真機を胸にぶら下げた街頭写真屋がいて、街行く人の写真を勝手にとり、番号のついた紙片を渡す。写真が欲しかったら紙片と一円を送れば写真を送ってくるという仕組みになっていた。彼はそのときの写真を一枚送ってくれた。写真の彼は笑顔でパイプをくわえ、私も笑顔で彼のパイプをながめていた。

のんびり銀座を歩くのは、その頃で終りだったかもしれない。私は兵隊にとられ、帰って来てサラリーマンになった。彼の勤め先に行ったことがある。彼は軍需工場の事務をしていた。私は彼の月給の多いのと、丁度昼食時で弁当箱を開けていたのでおかずの豊富なのに驚いた。「工場に就職を世話しようか」といってくれたけど、早起きがいやで、月給の安い、食べ物の配給も無いサラリーマンのままでいた。それが幸いして私は敗戦になっても失職することなく定年まで勤めたのである。寝坊も三文の得のある場合があるようである。

戦争が終って、それからの混乱が長く続いて、そういうことがしずまって、私たちはたまにクラス会をやった。ピストルの親友は出て来なかった。私は住所も知っていたし、銀座でご馳走になったことも忘れていないし、うちのアルバムには水洗い不十分で変色しているけれど、パイプをくわえた彼とそれをながめる私の写真がある。そのつぎのクラス会のときに私は会いたいもんだと手紙を出しておいた。

つぎのクラス会に彼は出て来た。顔を合わせたら、私にアメリカのシガリロをくれた。私がタバコ好きなのを憶えていたのだろう。彼は妻子と戦後に別れて、一人暮しだといった。仕事も好調とはいえないようであった。

「いいこともあるだろう。ぼくが貧乏だったとき銀座へ連れ出してご馳走してくれたのを憶えているかい」

彼は照れた。そしてちょっと淋しそうになって、

「あのときパイプを買ったっけ」

「スリー・ビーのちっこいんだろう」

「とても気に入って大切にしてたんだけど、空襲で焼いちまった。小さなものなんだからどうして持って出なかったか、残念だよ」

いま失ったばかしだというように力を落した感じだった。

「同じようなのを買おうと、ずっと思ってるんだけど無いもんだよね」

彼はこういった。それ以来私は私で、同じようなパイプを探して進呈しようと気を付けるのだけれど、昔のようなのは見つからないのであった。

われわれのクラス会は不定期であった。二、三年たったつぎのクラス会に彼は来なかった。オートバイに乗っての交通事故で片脚を切断して、それがもとで死んだと、彼の最後の面倒をみた種物のそばを食べなかった医者の息子がいった。彼も医者になっていたのである。そうときいて、私はこの前のクラス会でわざわざシガリロを持って来てくれた彼を思い、沈んだ気持になった。しかしそれも束の間で、ひさしぶりに会ったみんなと愉快に話し出す。しかしまた死んだ友人を思い出す。そしてこのクラス会の最後の生き残りとなったやつは淋しいだろうな、そんなことを考えていた。進呈する相手はいなくなったけれど、私はパイプを探してはいる。しかし無い。昔を探し求めるのは愚かなことであるのかもしれない。それにしても昔はものを欲しがり楽しんだのに、定年後は余り欲しがらない。心も財布も解脱の心境なんだろうか。

土曜の午後……

土曜の午後、私は友人と喫茶店でコーヒーを飲みパイプをすう。

まわりを眺める。若い人ばかり。

一九七〇年代、コーヒーも随分高いものになった。

私の若い頃、銀座のブラジル・珈琲の店は、十銭であった。

市電が七銭、十本入りのチェリーが十銭であった。

今、ピース一個の価格で、あるいはバス料金にちょっと足したお金でコーヒーは飲めやしない。

それでいて、土曜の午後の喫茶店は若い人で満員である。よくまあお金と暇があるなあと思う。

とはいうものの、私が子供の頃、西洋菓子やオモチャを欲しがると、父は、

「おれの子供の頃は焼芋と軍艦将棋だったのに、ゼイタクになったもんだ」

と、いったものである。

土曜の午後の銀座も、これ歴史の必然の姿なのであろう。

若い人達の服装はカラフルである。

そういえば、銀座の街の広告も、戦前にくらべカラフルになっている。

それはもう目茶苦茶にカラフルになった。といってよろしい。

戦前の上海は、五カ国だったか、租界があって、主権はどこにあるのやら、わけのわからない植民地風景であり、街の広告は原色のケバケバしいものであった。

それに人間までケバケバしくしたのが、一九七〇年代の銀座風景である。

若い女の人が、タバコをすっている。

私の子供の頃は、女の人が電車のなかで新聞を読んでいるというのも見られなかった。女性喫煙者といえば、中年以上の女性がキセルですっているだけであった。

電車のなかで新聞を読むのも、喫茶店でタバコをすうのも、内股で歩けなくなったのも、チューインガム、あるいはホット・ドッグ、あるいはソフト・クリームを食べながら街を歩くということも、女性の地位向上の部分的シンボルであろうか。

喫茶店で見るに、女性は主として、ショート・ホープあるいはハイライトをすっているようである。

服装に比して、デザインは平凡なタバコをすっていらっしゃる。

すい方が、それはそれ、女性らしく見るからにエレガントにすっていらっしゃるかと思えば、これまた男女同権。男が見てほれぼれするような女性のすい方ではない。
真実、美しい女性が唇のまん中をすぼめて、パカパカすっていらっしゃるのを眺めていると、
そぞろディートリッヒの映画が恋しくなってくる。

私は、そのような若い人達のいる喫茶店に友人と土曜の午後はいる。

その友人は大体私と同じ年である。

おたがいに周期的に勤めがいやになってウツ病状態になる。

しかし、すぐにパイプの話をしたり、映画の話になる。

映画の話といっても、チャールズ・ブロンソンだとか、ジェーン・フォンダなどはでてこない。

「『女だけの都』あれはフランスの歌舞伎ですよ」

てなことになる。

「フランソワ・ロゼエでしたね」

「それからルイ・ジュウヴェ。あなたアンドレ・アレルムっておぼえていますか」

「ええ、それからピアール・ブラッシャール。マリー・ベル。なんてのがいましたな」

「アナ・ベラはどうしたろう」

そんな話をしながら、わが友は、時にしばし周囲の若い人達を眺めて、

「今の若い人達はいいなあ」

と、いう。

「そうですね。でも、ぼく達の青春時代は、目の前が戦争だったでしょう。映画を見るのも、本を読むのも、今のうちだけだっていう切実な感じがありましたね。ぼくは時々あの気持をなつかしむことがあります」

わが友はパイプをすって、考えて、

「そうかも知れませんね。人間ってのは、せっぱ詰まった時の方が人生について深く考えるものかも知れませんね」


この土曜に会うのが習慣になっている友人は、帽子をかぶっている。私もかぶっている。

チョッキ愛用者である。私も同じである。

そして、同じような体格である。

まあ、共通性はこれだけである。

しかも、よく観察してみれば、帽子のメーカーも違うし、洋服の生地も仕立も違うのだけれど、
私のオクさんにいわせれば、

「大正兄弟ね」

ということになる。

第三の教会のタバコ売場の女性にいわせれば、

「双子みたい」

ということになる。


ある土曜日、私と会えなかった友人は、一人で第三の教会へ行った。

そしたら、パイプーラの一人がいったそうである。

「今日は敵娼《あいかた》なしですか」


女性国会議員によって死語とされたこの用語を使ったパイプーラの人指し指は、火傷に火傷を重ねてケロイド状となっている。

パイプは、時にタバコを押し下げながらすうのを通常とするものである。

そのために金属の押し棒を売っている。

ところで、押しすぎれば消えてしまうというのは自然の法則である。

ほど良い押し方が必要になってくる。

しかも、時に、タバコが片もえすることがある。そのような時にはもえない方のへリを押してやるのが、このパイプーラの特技である。

それには、金属の押し棒では感じがわからない。

自分の指にまさるものはない。自分の指ならば熱を感じる。

それに、押し棒を持っているのも面倒なことではないか。

かくて、このパイプーラは、失うことも、持つのを忘れることも無い自分の指を使っている。

これが、ケロイド状の原因である。


そうかと思うと、魔法の指を持った友人がいる。

パイプを磨いて光沢をだすのを趣味としている人達がいる。

鼻の脂にはじまって、オリーブ油をつけてみたり、クルミの脂をつけてみたり、コーヒーのこし袋で磨いたりする。新聞紙がよろしい。それもロンドンタイムズが一番よろしい。という友人もいる。

各人各様に考案し、実行している。

わが魔法の指もてる友人は、ただ自分の指で、パイプを愛撫するようになでるだけである。それだけでパイプは美しい光沢になる。たとえば、私が、光沢を失ったパイプですっているとする。

「ちょっと貸してください」

友人は私のパイプを愛撫する、いかにも楽しそうに。

すると、まるで私のパイプでもこんな光沢になるのか、と、驚くように美しくなる。

私は、この友人の奥さんに会ったことはない。美しい肌の人だと思う。

*

おいしいパイプのすい方ってあるのだろうか。

あったら教えていただきたい。

私が、パイプタバコって、こんないい香りのものなのかなあと感じるのは、次のようなときである。

まず、パイプをすう。半分もすったら灰皿にあけてしまう。

つぎに、紙巻タバコをすう。最後の最後まですって、火を消さずに灰皿に放り捨てる。

すると、忘れた頃、パイプタバコに火がもえ移って、なんともいえぬよい香りがただよってくる。

毎週土曜日に会う習慣の友人は、戦争中は禁煙していた。

行列したり、物々交換したり、そんな苦労をしてタバコを手に入れたり、一日の本数を配給で限られたり、そのようなミミッチイことから、愛する嗜好品の楽しみを、禁煙という手段で救ったのである。

大正生まれは、少数民族で、なんとなく、ナヨナヨとした感じである。しかし、しんは強く、がんこで、徒党を組むことを嫌い、我が道を行く習性がある。そして、ちょっとばかり口が悪い。いやバカ正直なのであろう。

戦争中、友人の召集軍医は、少尉から中尉に昇進して、大尉の病院長の前で、その申告のあとにつけ加えた。

「おかげさまで腕はちっともあがりませんが、星だけは増えました」

「それをいっちゃ、いかん、いかん」

と、一つ星の多い大尉はいった。

私は、休暇を完全消化する習慣である。それがある時期休まなかった。

「ぼくも変わったもんだ、最近は欠勤しなくなった。まともなサラリーマンらしくなったわけだ」

そう同い年の友にいったら、彼は、

「能なしの無欠勤というからな」

パイプーラの一人に、お風呂用のパイプというのを持っているのがいる。別に特別のパイプではない。ただ、お風呂専用にパイプを一本用意してあるだけのことである。その人の説によると、風呂場の湿気はタバコの味をよくするということである。頭に手ぬぐいのせて、パイプをふかしながら風呂に入っているというわけである。幸いなるかな、お風呂でパイプをすう人。

＊

「あなたはローデシアンベントを使いませんね」

と、大正兄弟が私にいった。

「そのわけ、前にいったでしょう」

「あ、そうでしたな」

フランソワ・ロゼエは憶えていても最近のことは忘れてしまう。五十を過ぎたら警戒を要する徴候である。

近頃のことで憶えているべきことなんか無いじゃないか。などといってはいけない。

ローデシアンベントというのはパイプの形の名であり、それには私の思い出がある。

二十数年前、私は池袋でオクさんと間借りの生活をしていた。

映画を割り引きから見に行くのには、たいへんに便利であった。

しかし、欠点もあった。

ある間借りのところでは、隣に短波狂がいて、夜の十二時すぎに、ちんぷんかんぷんの言葉と音楽をがなりたてた。

「お静かにお願いします」と、頼めば、「すいません」と謝り、まあその夜は静かになる。

しかし、数日過ぎるとまたインターナショナル雑音狂想曲がはじまる。

ついに逃げ出して、借りたのが、大工さんが建てたアパートである。

廊下の左右に三部屋あり、持主である大工さんは、屋根裏に住んでいた。

大工さんは、夫婦と三人の男の子。それに四人の徒弟という大世帯であった。

その当時のことであるから木造建築である。

夜、部屋の電灯を消すと天井から屋根裏の明かりが見えた。

屋根裏で人が歩けば、ひびいた。

大工さんというのは大きな声で話す。それゆえ、わが部屋の天井裏は賑やかなものであった。

ときには、お客さんが大勢きて酒盛りがはじまることがある。それが深夜におよぶ。

うたを歌う。調子がはずれている。短波放送もうるさかったけれど、調子はあっていた。

ある夜などは、酒をひっくり返したのであろう。寝ている私の顔に、酒がぽたりぽたりと落ちてきた。

顔をふきつつ、そろそろ引っ越しを考えなければと私は思うのであった。

離れを借りた。天井裏はない。隣はない。まあ今度は大丈夫であろう。

ただ、便所が大家さんと兼用であった。

そして朝、便所に行く時間が大家さんと私と同じ時刻なのである。

謙譲は美徳である。私は優先権を大家さんに譲った。

大家さんは便所で紙巻タバコを数本すいながら新聞を読む癖がある。そして、ニンニク常用者であった。

私は、大家さんのあとの便所にはいり、便所と紙巻タバコとニンニクのカクテルをかぎながら、ここもながくはいられないであろう。と、沈思黙考するのであった。

ニンニクから逃げだすについて、われ等夫婦の意見は二つに分かれていた。

私は、その頃、マンションという言葉はなかったが、鉄筋のアパートが建ちだしたので、そこを借りようというのであった。

どうも、土地がタダみたいな時代に育った私は、土に大金を払って家を持つということに、気がすすまないのである。

オクさんの方は、家賃を何十年か払っていれば、そのお金で家が買えてしまうのだから、借金しても家を持ちましょう。という論法である。

夫婦は、数回この問題について議論した。

そして、いつものように、結局は、オクさんのいうことが通った。これがわが家の風習である。

結局、オクさんは、わが家の孫悟空である。

強い。

しかし、それでいいのである。

孫悟空と思わしとけばいいのである。

孫悟空が、自由自在にとび回って、どこかの柱に字を書いてきて、得々としたら釈迦如来が手をひらいてみせた。その手に悟空の書いた字があった。と、西遊記のどこかにあった。そこのところは知らさないで、強い悟空と思わしとけばいいのである。

家内平穏。それでないとパイプはおいしくすえないではないか。

とはいうもののオクさんの方でも、そのように思っているかも知れない。

大体、近代経済学の見地に立てば、土地に生産性はなく、土地価格などそんなにあがるはずはないのである。しかし、これは寝言のようである。

ただ、どうあれ、オクさんのいうことをきいておいて良かった。もしも、間借りを続けていたならば、私達家族は永遠に流浪の民であったであろう。

なるべく安い家を買おうというので、ちょうど知人の紹介してくれた六畳一間の家を買った。しばらくしたら、オクさんが洗濯物を干す場所がない。ついては、隣が空地だから少し売ってもらいたいのだが。

と、いい出した。

「洗濯物を干せるだけ売ってもらったらいいだろう」

これは、パイプのボウルだけ売ってくれというようなもので、地主は、全部でなければ駄目だ、といった。

かくて、わが家より広い空地を買い、そこに物干し竿を立てた。

かくて数年たち、子供ができたし、三十何坪かの物干し場に家を建てようということになり、オクさんは設計士を紹介してもらってきた。

設計士の家は船橋にあった。

その家に行くのに、家を建てることは、必要悪だぐらいに思っている私は、張り切った気持ではなかった。ただ黙ってオクさんの後についていった。

二階が応接間であった。階段をあがるにつれて、わが愛する匂がしてくるのであった。パイプタバコの匂である。

どのような設計士であろうか、という不安は一掃された。私は、まだ口をきかないうちに、設計士が好きになっていた。

私よりも年をとっていた。ローデシアンベントまがいのパイプをくわえてニコニコしていた。まがいと書いたのは、その人は陸軍の技術将校として召集され、敗戦の時大連にいたので、シベリアで抑留生活をしていたのである。

シベリアの木で、その人はローデシアンベントまがいのパイプをつくり、乏しいタバコをすっていたのである。

それが、そのパイプであった。

もしも、我々は家を建てる相談にきたのである。と、オクさんが発言をしなかったならば、私と設計士は、パイプの話ばかりしていたことであろう。

かくて、この先生が我が家の設計をし、大工さんの監督をしてくれた。私は先生に会うたびにローデシアンベントまがいのパイプを見るのが楽しみであった。

棟上げのときも、どちらかといえば、家の骨組みよりは、先生のパイプを見せてもらって、なでている方に関心があったようである。

シベリアの抑留生活は、パイプをつくる暇があったとはいえ、苦しいものであった。あるいは唯一の人間らしい慰めはパイプだけであったかも知れない。

先生が抑留生活を終えて日本に帰ってきたら、家族は爆撃で死んでいた。

先生は再婚し、子供はなかった。

悠然とパイプをふかし、静かな語調の人である。しかし、何やら淋しげで、一度、人生を投げだしたといった感じの人である。

先生は、日本間に、板の間をつくり、そこで私が、本を読み、なにかを書く。という設計をしてくれた。

そこに私が座り、パイプをくわえて机に向かっているのを想像して楽しい、と、先生はいった。

しかし、今、そこはカラーテレビとステレオに占領されている。

家が建ってしまって、先生とお付き合いは無くなったわけである。

しかし、パイプでのお付き合いが続いた。

先生は手紙をくれるのである。

「おとぎの国、バイキングの国、デンマークのこんなパイプを入手しました」

そこは職業柄、しっかりとしたデッサンで買ったパイプが描かれていた。

またある時は、

「思いきって念願のパイプを入手しました。なかなかよろしい。そのうち実物をお目にかけましょう」

まがいでないローデシアンベントのパイプが描かれた手紙がきた。

数日後、私は先生と街で会って、新しく買ったローデシアンベントを見せてもらった。

先生が、パイプを手に持って、そこから紫色の煙が立ちのぼっているのを見ていると、先生の生きて来た現実とは裏腹に、平和で幸福だったといった感じがしてくる。

模倣は人の本性であろう。私もまたローデシアンベントが欲しいな、と思った。

しかし、借金して家を建てたので、パイプを買う余裕がなかった。

家の借金が終わって、ローデシアンベントを買い、その人に見せる日がくるのを私は楽しみにしていた。

その次に、先生のところから手紙がきたけれど、それは、先生の死亡通知であった。

私は勤め先をぬけ出して、お葬式にいった。その帰り、船橋駅で私は電車を待ちながらパイプをすっていた。

シベリアの木でつくったローデシアンベントまがいのパイプはどうなっているであろうか、しきりにそのことを考えていた。

現在、家の借金は終わっている。ローデシアンベントを買う余裕はある。

しかし、私は、ローデシアンベントを買わないのである。

＊

有名な作家が劇的なハラキリ自殺をした。

「葉巻をすっていればよかったのに」

私は第一の教会でいった。

「すっていらっしゃいました。ショップのシガーボックスにあずけていらっしゃいました」

第二牧師がいった。

この教会には葉巻を最良のコンディションで保存しておく部屋があるのである。

その部屋で話をすることがあるけれど、寒くてながくはいられない。人間は葉巻ではない。

第二牧師の言葉は、私のタバコによる人生のルールについて、ちょっと困ったことになるのである。

それゆえ、私は家に帰ると、すぐ古い本を探した。

すぐに見つかった。

林語堂著　阪本勝訳『生活の発見』東京創元社発行。これである。

私は、それの「煙草と香について」を、何十年ぶりで読んでみた。たしか支那事変と太平洋戦争との間の時期に読んだ記憶がある。まず、パイプに火をつける。この本は香りよきタバコをすいながら読むにふさわしい本である。

「……奥さん方は、夫がベッドのなかで煙草を喫むのを我慢するように訓練することもできる。これは結婚が幸福にうまく行っている最も確かな証拠である」

「……喫煙が道徳的弱点であることは、私もよろこんで認めるが、その半面において、弱点のない人間は警戒しなければならない。弱点のない人間は信用ができない」

「今日の世界は、喫煙家と非喫煙家とに分かれている。喫煙家が禁煙家に多少の迷惑をかけていることは事実であるが、この迷惑が肉体的なものであるのに対して、禁煙家が喫煙家にかける迷惑は精神的なものである」

「パイプをくわえたときの喫煙家は、常よりも陽気で、社交的で、いっそう隔意のない無礼ぶりを発揮し、時には非常に話に実の入ることがある。いずれにせよ、こっちと同様、先方も私に好意をもっているという感じをいだかされる。私は、つぎのようなことをいったサッカレイに全幅の賛意を表する。

『パイプは哲学者の唇より叡智をひきだし、愚者の口をとざす。パイプは、瞑想的で、思慮深く、にこやかで気取らない座談をかもしだす』」

「喫煙家の指の爪は大抵汚れているけれども、心さえ温かければ、そんなことは問題でない。……そして、最も重要なことは、パイプをくわえた人はつねに幸福であり、幸福は結局、道徳的価値の最たるものだということである。W・マッギンはいっている。『葉巻をくゆらすもので自殺したものはない』パイプの愛用家は決して細君と喧嘩をしないということは、いっそう真を穿っている。理由はまさに明白だ。パイプを歯の間にくわえながら思いきり大きい声で細君をどなりつけるなんてことは、できない芸当ではないか……」

私は、ここのところを読み返して、記憶に間違いないことを確かめた。

これを読んだのは第二次大戦前であったから、その戦争中、日本は神国である。やがて神風が吹いて敵国をやっつけるであろう。

そのようなこともいわれたけれど、信じられることではなかった。

しかし、葉巻をのむ人間で自殺する者はいないということと、パイプをくわえて細君をどなりつける者はいないという、そのことは信じて疑わなかった。

それゆえ、有名な作家が自殺したこと、そのことよりもその作家が葉巻をすう人間であって、自殺したということは、わが信条にとってショックであった。

どのような信条であれ、それが崩れるということは、人にとってショックであろう。


時代の変化は、ついに、葉巻をすう人間も自殺するところまで追いつめたのであろうか。やがては、パイプをくわえて細君をどなりつけたり、ひっぱたいたりするパイプーラが現われるご時勢になったのであろうか。いやはやである。

私は、どうやらこのことについて考え続けていたらしい。

林語堂先生が夢で応援にかけつけてきてくれた。

「私のエッセーをいつまでも憶えていてくれてありがとう」

先生は、パイプをすいながらいった。

「もう、あなたも五十を過ぎた。だてに年をとるのではなく、現象に振り回わされることから卒業して、現象の背後にある真実に目をとめる訓練をしたらよろしい。

あなたは、葉巻をすう人間が自殺したといいましたね。私は、葉巻をくゆらす人間と書きましたよ。ただすうのと、くゆらし、味わい、考えるのとは違いますよ。葉巻だってそうなんだから、人生、ただガムシャラに生きるのと、自分の人生をくゆらし、味わいながら生きるのとは、同じ生きるにしても違いますよ。

心の幸福は、道徳的価値の最たるものだということを、この頃の人は忘れてきましたね」

＊

日曜日に休診しないというパイプーラのお医者さんがいる。

「日曜日に休診しないのは珍しいですね。患者さんよろこぶでしょう」

「ええ、でも、患者さんのためじゃないんです。日曜日、パイプ屋さんが休みでしょう。だから日曜を診察日にして、平日に休むんです。私が日曜日に診察しているのは、パイプ屋さんのせいですよ」

モウモウ先生が特大のパイプからモウモウと煙を吐いているのは、パイプーラ王者の貫禄がある。

パイプタバコは、自分の好みのタバコをミックスして、自分のタバコの味をだす楽しみがあるという説がある。それで、モウモウ先生の煙の匂をかいで、

「素晴らしい匂ですね、どんなタバコを混ぜておられるんですか」

と、たずねた人がある。モウモウ先生は、恥ずかしそうに照れて、

「私、いろんなタバコをすうんで、粉が残るんです。それをあとで一緒にしてしまうんです。それ、捨てるの勿体ないんでこうしてすってるのです」

また時にはモウモウ先生は、こんなことをいいだす。

すなわち、モウモウ先生は、高価なパイプをよく買う。

自分で何本パイプを持っているのかわからない位である。それゆえ、

「私のこの一ぷく、タバコ代だけでなく、パイプ代全部を合計したら、十万円以上になるんじゃないかしら。十万円の煙と思って眺めていると、豪奢《ごうしゃ》な気持になるね」

パイプーラの敵は女房である。

タバコをすうのに一本あればいいものを、何本も買う気持が理解できない。しかも、その一本が何万円、何十万円する。たかが木とエボナイトではないか。

それでパイプーラには、パイプの値段と買ったことを女房に隠す習性がある。

モウモウ先生は、自分の事務所の金庫をからっぽにして、そこにパイプをしまっている。

盗難、火災に安全だという訳である。

お金は、また稼げばいい。火災の場合は原形さえあれば日本銀行でかえてくれる。

重要書類なんてものは、また作ることも出来ようというものである。しかし、パイプは、同じパイプを手に入れようと思っても、それこそ万金を積んでも不可能なことである。

これがモウモウ先生のいい分である。

一度、先生は土曜日に買ったパイプを家へ持って帰った。事務所へ持って行くまでの間のこと靴下のなかに隠しておいたら、奥さんに日曜日、靴下ごと洗濯機に放りこまれたことがある。

あるパイプーラは、値段のことは奥さんに安くいっておき、何本も自分の部屋に並べて楽しんでいた。一番愛用しているのが、一番高いパイプであった。ただ、ずっと愛用していたので、いかにも古びて見えていた。

奥さんは、もうこんなに古くなったパイプはいらないだろう。と、パイプーラの出張中に捨ててしまった。

ほぼ六カ月間、このパイプーラはノイローゼ様状態であった。

クレオパトラの鼻

　定年になってからは、ラッシュ時の電車には乗らないことにしている。だから腰掛けるのがあたりまえのことになった。勤めているときは電車というものは立っているものだと思っていた。地下鉄丸ノ内線の車輛の一部には、前後のはじめに座席が三人掛けのがある。私は三人掛けの席はなるべく避けている。

　三人掛けの広さは、普通の日本人のお尻の大きさを考えてつくったのだろうと思う。ところが乗ってくるのがみんな普通の日本人のお尻の大きさかというと、そういう訳にはいかないのである。人さまざま、お尻の大きさもさまざまである。それゆえ、二人でゆったり掛けているところへ、大きいのが来ると、ずずずっとお尻で体がなでられ、そのあと窮屈な目に会うということになる。こういう発見は、定年後のものであり、なんとなく愉快なものである。

　あるいはまた腰掛けていると視線が前に立っている人に行くこともある。美人もいる。ヒゲを剃り残したオジサマもいる。なんとなくながめていると、どうしても下から見るから鼻の穴を見ることになる。鼻は長いけれど、穴は丸っこく小さい人もいる。ダンゴ鼻だけれど穴は、いやに細く長そうな人もいる。人間の鼻の穴の格好は千差万別である。同じのは一つも無いようである。悠々と腰掛けて、吊革にぶら下がった人たちの鼻の穴をながめるのも、たいへんに愉快である。

パイプ愛好家にいわせると、パイプの煙道の太さ、長さはタバコの味にすごく影響するそうである。人間の鼻の穴は空気の通り道である。みんな同じ無臭で空気をすっていると思っているかもしれないけれど、事実は鼻の穴の形で違っているかもしれない。空気ですらそうであるから香水となると、鼻の穴によってみんな匂いが違うのかもしれない。よく、香水をたまらないと思えるほどにつけている人がいる。悪趣味と思っていたが、鼻の穴の問題であるのかもしれない。パスカルはクレオパトラの鼻がどうだったら、なにかがどうなっただろう、といったけれど、私にいわせれば、人間に鼻の穴というものが無かったならば、香水産業は地球に存在しなかっただろう。そして、マリリン・モンローは、パジャマで寝たろう。

吊革にぶら下った人たちの鼻の穴をながめて空想は広がる。クレオパトラの鼻に気付いたパスカルは定年経験者ではなかったろうか、と考えることは愉快である。うっかりすると乗り越してしまう。しかしそれもいいのである。定年退職者のぶらぶら歩きなれば乗り越ししたとてどうということはないのである。時間は十分にある。

「定年後、平日のすいた電車に乗るとみんなのんびりした顔付きをしていますよ。通勤電車の乗客のような厳しい表情じゃありません」

とのんびりした表情の友人がいったことがある。たしかにそうである。しかし、顔付きはのんびりしているけれど、お行儀は甚だ悪い。鼻糞をほじっている人がいる。それも一生懸命やっている。そしてシートで指をこすっている。

サンダルばきで、やや横坐りになるとサンダルを脱いで、水虫だか胼胝《あかぎれ》のあとだかの皮をむしっている人がいる。むしったあとの皮は車内のどっかへ飛んで行く訳である。

若い男女が乗ってくると座席でくっついてしまう。手を握り合って、うっとりした表情でいる。ときには抓《つね》りっこをしている。

電車というのは公共物であるということは考えないようである。都会の生活というものは、一歩外へ出れば礼節社交の場である、とは考えていないようである。丹波篠山山家のおサルが花のお江戸で電車に乗っているのじゃないかと思うことがある。

平日の昼間の電車よりは、通勤の混雑した電車の方が乗客のお行儀がいいことを発見した。お行儀がいいというより、お行儀を悪くする余裕が無いといった方がいいのだろう。私はこの発見を友人にした。

「身動き出来ないから、仕方なしにお行儀を良くしているってのも哀れな話だな」

毎日通勤電車に乗っている友人は苦笑していた。昼間の電車でエテ公みたいに足の皮をむしっているのよりは、ちゃんとネクタイを締めた人がいて、ある秩序のある満員電車をなつかしく私は思い出す。なにしろ三十有余年乗っていたのである。しかし、じゃあまた乗ってみろ、といわれてもそれはご免こうむりたい。

子供の頃は、電車の玩具で大いに喜んだのである。電車は大好きである。だから定年退職しても、銀座までの定期は買っておいて、毎日すいた時間に通勤している。サラリーマンにとって電車の律動は揺り籠みたいに習慣化している。急速に奪ってはいけないだろう、と思ってである。しかし、そういう理屈よりは電車と銀座が好きなんだろう。だが、鼻糞をほじくる人は嫌いである。耳糞をほじくる人も同様である。鼻毛を抜く人またしかり。

もう勤められないとなったら過去の職場はなつかしい。もう乗らないでいいとなったら通勤電車もなつかしいものである。

戦後の電車はこわれかけたような電車であった。ガラス窓にガラスでなく木の板が打ちつけてあった。よく停電して止まったものである。吊革は有ったり無かったりであった。カーブにかかると電車が分解しちまうんじゃないかと心配したりした。

会社勤めの若い女性が話していたことがある。

「映画どうだった」

「映画は良かったけど、服装が一世紀も二世紀も遅れてるみたいだった」

「そう」

しばらくして、

「あんた一世紀って何年だか知ってる」

「さあ何年だったかしら、あんた知ってる」

「知らないよ」

二人は笑っていた。それから黙って窓外をながめていた。まだバラックづくりの街並みであった。二人の服装も、どうにかあるものを着ているといったところである。戦争の後遺症である。戦争は人をその日暮しにさせるものではないだろうか。一世紀は何年でもよかったのだろう。

通勤電車に乗って年月が過ぎて、私は老いた。車輛は新しく良くなったのに、私はガタが来たという訳であろうか。ある日残業をして、遅く電車に乗った。疲れていたことと思う。吊革にぶら下ってなんとなく窓を見ているとガラスに乗客の顔がうつっている。みんな暗く疲れた表情でうつっている。その顔のなかに晩年の父によく似た人を見い出して、なつかしく、どこにいるのかと横を見たら父に似た人も横を向いた。なんのことはない、私であったのである。老いて来た証拠を見せつけられたという訳である。

ある日、私の前に掛けていた女子高校生が立つと、

「どうぞ」

とやさしい声でいった。すぐにはどういうことか分らない。人生はじめての経験である。

「どうぞ」

笑顔でいう。やっと私は、彼女が私という老人に席を譲ってくれるのだと分った。衝撃のようなものがあった。

「いいです。まだそんな年ではないんです」

といったものの白髪とネコ背はどうしようもない。私が掛けないので女子高校生は顔を赤らめて、ほかへ行った。どうしようか考えているうちに、あいた席にはどっかのオジさんが素早く掛けた。通勤電車では悠長に振る舞った方が負けである。うちへ帰って晩飯を食べながら、「まだそんな年ではない」私は一人でつぶやいていた。しかしそんな年になったんだろう。

それからもう一度女子学生に席を譲られたことがある。すでに経験ずみだから、「まだそんな年ではない」なんて失礼なことはいわず、「有難う」と深く感謝して掛けた。しかし年甲斐も無く赤面して、興奮して余り良い坐り心地ではなかった。以後席を譲られたことは一度もない。疲れていて、掛けたいと思って女子学生の前に立ってみたこともあるけれど、知らん顔をされているだけであった。定年退職後も駄目である。もっとも定年退職後は混んだ電車には乗らないし、よしんば乗っても現職中より元気になっているから、当分は譲られる見込みは無いだろう。

シルバーシートというのがある。あれは日本国が文明国でないということの表明ではないだろうか、と思う。お年寄りと体の不自由な方に席を譲るというのは、人間の当然のことだろうと思う。私たち大正生れはちゃんと教わって身について育った。すいていたとしてもなるべく掛けない。それが若さの特権であると思っていた。大正生れは自分が席を譲った回数ほどには席を譲られること無くあの世へ行く世代であろう。

シルバーシートのみならずあらゆる席で若者が足を伸ばし居眠りをしているようである。随分と疲れているのであろう。しかし元気で働いてもらわなければならない。そして多分増加するであろう年金の掛け金を払ってもらわなければならないのである。劇画を読んだり、居眠りしていていいんだろうか。諸氏の将来は厳しいのではなかろうか。私はいつでも若い人に席を譲ってあげる。諸氏は年金である。

＊

自分でパイプをつくるのが流行して、友人がそのクラブをつくった。

「クラブの名前を考えて下さい」

といわれて、

「パイプをつくるクラブなんだから、パイプカットクラブでいいじゃないですか」

友人はおかしなことをいう人だ、という顔付きをした。どうしてなんだろう。

あるとき、

「ゴルゴ　ジュウサン」

といったら、

「ジュウサンはないでしょう。ゴルゴ　サァティンといって下さい」

若い友人に教えられた。

「銀河鉄道キュウキュウキュウ」

といったら、娘が親をバカにした表情丸出しで、

「銀河鉄道スリーナイン」

というのであった。

デパートへタバコを買いに行って、

「ステート・エキスプレス　ゴオゴオゴオを下さい」

といったら、女子店員がしばし考え込んで、

「そういうタバコはありません」

というから、箱を指して、

「これですよ」

と教えたら、

「あ、スリーファイブですね」

といった。

日本語もややこしくなってきた。定年後、活動社会から見放され、日本語からも時代遅れというこことになったのであろうか。

お正月に、友人のいる会社のＯＬから電話がかかってきた。ひさしぶりである。

「おめでとうございます」

彼女がいった。

「おめでとう」

当然のことながら私もいった。彼女は続けて、

「あのう、なになにさんが昨夜お亡くなりになりました。お通夜は――」

と友人の死を知らせた。まだ知らせるところが多いのだろう、彼女はせわしくいい電話をきった。

私はさみしい気分で友人のことをあれこれ思い出していたけれど、ふと彼女の電話をつぶやいてみた。

「おめでとうございます」

と彼女はいった。続けて、

「あのう、なになにさんが昨夜お亡くなりになりました」

といったのである。続けると、

「おめでとうございます、あのう、なになにさんが昨夜お亡くなりになりました」

となる。うっかりお正月には死ねないぞと思うのであった。

言葉と違って音楽ならば、ただ気楽にきいていればよろしい、という訳で私は二階へ上って音楽をきくのが日課である。ところが音楽の途中で居眠りをする癖がある。ちと寒いなと思って目覚める。たいていカゼをひいている。陶淵明先生も職を辞し故郷の田園へ帰ってからよくカゼをひいただろうか。

ある日、いやに気分が悪くなって寝込んだ。余りお世話になったことのない体温計ではかったら四十度ある。体がガタガタ震え、湯気を出している。平清盛は随分苦しかったろうなと思いながらうなっていた。医者はインフルエンザだといった。勤めているうちはインフルエンザに罹ったことがなく、定年退職後罹るとは、甚だ心外であった。

四、五日も寝込んだろうか、熱がひくと、さあ外出したくってしようがない。ところが、

「一週間ばかり外出しないことですな」

医者がいうのである。

「熱がひいたんだから直ったんでしょう」

「しかし体は弱ってますすよ。それに街には雑菌がうようよしています。うちにじっとしてた方がいいですよ」

そういわれて、一日、うちにいたけれど、どうにも街恋しい気分である。それで翌日、平日の午後なれば、人出も少なく、自然雑菌もいないであろうと考え、うちを飛び出した。

電車はすいていた。なるべく人間に近付かないようにした。クシャミをする人がいた。ずっとずっと離れた。私の行先は原宿であった。山手線が原宿駅につき、東郷神社の出口へ出た。道がやや下りになっているので良く見える。平日の午後だというのに若い人で満ち満ちている。私は戦争中、この道を歩いて通勤していたことがある。さみしい道で、憶えているのは小さな煙草屋さんがあったっけ、というくらいのものである。たしかこのへんは戦災に会っているはずである。

そこを私は歩いた。雑菌を避けるという訳にはいかない。人間にぶつからないように歩くので精一杯である。なにしろここは狭い裏道だったのである。

店も一風変っているけれど、歩いている男女もキミョウキテレツな風体である。アメリカの中古ジャンパーとジーパンを売っているかと思えば、アメリカのお巡りさんのバッジを売っている。浅草観音左側の古着屋を思い出す。女の服装が面白い。アラビアンナイトに出て来るようなズボンをはいているのがいる。神経痛のお婆さんみたいに腰にセーターを巻いたのがいる。四十度の熱でうちで寝ているよりはずっと面白い。みんな面白い格好だけれど、このままの格好でうちへ帰るんだろうか、そんな余計な心配もする。格好は面白いけれど美人は余りいない。男女ともに同じ日本人であると判断するのに、直感ではなく思惟を必要とする。私は日本国を日本人と歩いているのである、と思いきかせているうちに雑菌と歩いているような気分になってきた。ゾロリゾロリと腰にセーターを巻いた天下太平雑菌族は空襲警報をきいたらどんな顔付きをするだろうか、とかつてこの裏道で警戒警報のサイレンをきいたことのある私は思う。防空頭巾にモンペの女性ばかりであった。それを思えば天下太平で私もまた太平な老後を楽しんでいる訳である。私は色とりどりの雑菌女性をながめつつ歩いていた。

うちへ戻った私は、夜、インフルエンザをぶり返してまた熱を出した。もやもやした頭に裏道のキミョウキテレツが浮かんでは消える。そして、やっぱり雑菌がうようよしていたんだな、と思う。

しかし、直ったらまた行こうと思いながらうなっていた。

アンバランス

「お金があってぜいたくをするということはバカでも出来ることですよ。いかにお金をかけずに人生を楽しむかということが本当のぜいたくというものです」

わが友人がいった。

そうだ、そうだ、と私は思った。

お金と権力があって、ぜいたくをきわめて楽しいもんだろうか、歓楽きわまって哀情多しともいうではないか。ビフテキも三日続けて食べれば見るのもいやになるではないか。友人のいうことは真実だろうと思った。ましてや年金生活者の私には拳々服膺すべき言葉であろう。

私はこの話を別の友人にした。

「そりゃうらやましい話で、ぼくはお金を沢山持ったことがないからお金を持っての楽しみというものは知りません」

いわれてみれば私も大金持ちだったことはない。しかしである、お金をかけずに人生を楽しむ方が、お金をかけて楽しむよりは愉快なような気がする。よっぽど貧乏性なんだろう。

私の乗る私鉄の駅は階段を登って、それから階段を降りてホームに出る。ちょうど階段を降りてホームに出たところに電車が来ると、なんとも得をしたようないい気分である。ホームに降りて、ちょうど電車が発車したときは、えらく損をしたような気持になる。

こういうことは、ロールスロイスに乗っていると分らない楽しみの一つだろう。必ずしもお金の多寡と心の楽しみとは正比例するものではないだろう。それとも私の負け惜しみであろうか。

それで私はチョビと散歩する。お金はかからない。

土曜日の朝チョビと散歩していたら、向うから友人のサラリーマンがやって来た。ゴルフバッグを肩に下げている。

すれ違って、

「おはよう」

「おはよう」

挨拶を交わした。

「今夜から泊りがけですわ」

友人はゴルフバッグをかけた肩を下げながら駅の方へ行った。後姿を見送りながら、ゴルフも仕事の一部になったのか、ご苦労さまなことだ、と思う。

散歩しながら、友人はゴルフバッグを持ってラッシュの電車に乗るんだな、と考えた。持って乗る方もたいへんだろうけれど、回りの者もさぞ迷惑することだろう。えらいもんがサラリーマンに流行しているわい、そう思いながら青空の下をチョビと散歩する。

つぎの日曜日、銀座へ出て、夜帰った。帰りの電車のなかにゴルフバッグを持った人がいた。背広でゴルフバッグを持っているのだからサラリーマンだろう。ゴルフバッグを肩に下げ、片手に温泉のお土産の包みをぶら下げていた。

私が降りる駅でその人も降りた。電車のドアのところで、ゴルフバッグを私にぶつけた。痛かった。

こんなことのあった日から数日後、ある友人と話をした。友人はこんなことをいった。

「生活の理想はバランスのある生活ということです。バランスの感覚ってのは人間を落ちつかせます。ところがアンバランスというのは醜悪です」

ラッシュの電車にゴルフバッグはアンバランスなものだろう。

*

定年退職して、街をほっつき歩き出したら、たいへんに楽しい。チョビだって散歩したら楽しいのではないだろうか。そう考えて私はチョビを散歩に連れ出した。

はじめのうちは、すぐに帰りたがった。

それが毎日散歩に連れ出しているうちに、十五分が三十分になり、三十分が一時間になり、いまでは一時間から一時間半になった。チョビは街が好きである。近くに大きな公園があるけれど、入口で帰るといい出す。自動車は臭い排気ガスを出す。歩道を歩いていれば自転車が危い。時間によっては人間がウジャウジャいる。しかしそういう街を歩くのがチョビは好きである。

定年退職後は惚ける、と俗にいわれる。もしそうなら犬と一時間から一時間半街を散歩することをおすすめする。わが身と愛犬の、自動車、自転車からの安全をまっとうするためには惚けてなんていられるものではない。

なお定年退職と惚けの関係だけれど、定年退職のために惚けるのではなく、すでに現職中に惚けてしまっている場合もあるのではないかと思う。株式会社の仕事、あるいは各種団体の仕事、あるいは諸官庁の仕事のうちには惚けているからこそ出来るといった仕事もある。どっぷりとそれにつかって、反射反応で、または受動反応で仕事をやって、自発性を失っている。仕事を惚けてやっているのだけれど、仕事をやって月給を取っているから惚けているとは自他共に思わない。思ったとしても仲間意識でおたがいにこういう思いは避けている。その惚けた仕事から離れるのだから当然惚けだけ残る訳である。これを定年退職で惚けたなんていったら、定年退職者を間違って考えることになる。

チョビとの散歩のはじめは、おたがいに勝手が分らないもんだから、チョビが歩くのをやめると、散歩がいやになったかと思って立ち止まる。ちょうどそこは建売住宅の小ぢんまりしたのが並んだところで、口うるさそうな奥さんが、箒とごみ取りを持ってお隣りさんとおしゃべりをしている。表の掃除の終ったところである。

チョビは私を見上げながらいい気持そうにウンコをするのである。私は箒を持った奥さんの方をそっと見る。気付いていない。チョビよ早いとこすませてくれ、と祈るように思うのだが、チョビは悠々とやっている。

やっとすんだ。逃げるように私はチョビと立ち去る。掃除したてのあとの道路に、可愛いウンコが三つばかり残っている。

以後私はこの道を避けることにした。しかし、散歩になれたのかチョビは必ずウンコをするようになった。それもお菓子屋さんのまん前でやったり、ラーメン屋さんの前でやったりである。

私はこの話をオクさんにした。

「ちり紙を持って行かないんですか、駄目ですねえ。ちり紙で包んであと屑籠に捨てるんです」

と、教わった。

私はチョビと出かけるのにティシュペーパーをポケットに入れてご一緒するようになった。どこでチョビ君がお立ち止まりになっても安心である。

私はチョビのウンコをティシュペーパーで包む。あったかい。私はそれを片手に持って歩き、街の屑籠を探して捨てる。ときにはウンコが手につくことがある。平気である。ウンコは自分のでも、オクさんのでも、娘のでも手についたらいやである。ごしごし洗わなければいやである。しかしチョビのは平気、なんとも思わない。愛はウンコよりも強し、という訳だろう。

「ティシュペーパーを捨てるところを探すのに一苦労するよ」

友人にいったら、

「ビニール袋を持ってくんだよ」

と、教わった。

老いても人生学ぶことは多々あるものである。

＊

チョビと一緒に狭い道をぶらりぶらり歩いていたら、向うから大きなトラックがやって来た。戦前の自動車も人間もうんと少なかった時期に、何米だったか、要するに狭い道に自動車は入ってはいけない規則があった。それで人間は狭い道をゆったり歩き、自動車は広い道だけを悠々と走っていた。その当時、運ちゃんは神経性胃病にはならなかったのではないだろうか。

トラックと向い合ったら、横に動ける人間の方が小さくなるのが法則みたいなものだから、チョビを引っ張って片隅に行った。ところが中途でチョビはガンとして動かず、ウンコをする姿勢になった。私はチョビの生理を尊重して、立ち止まっていた。トラックは私たちの前にゆっくりと進み、止まった。

ゆっくりチョビは腹中物解放行為をやっている。トラックの運ちゃんがこっちをにらんでいるので、私はチョビを見ていた。トラックはエンジンを高くひびかせる。しかしチョビも私も老人である。東風がそよいでいるとしか感じない。

チョビのウンコがすんだ。トラックは動き出した。しかし、まだトラックに道を譲る訳にはいかない。ポケットからティシュペーパーを出し、ウンコを拾わなければならない。ところがトラックは止まらないでやって来る。私はチョビを引っ張って片隅に逃げた。トラックは行き過ぎた。トラックの過ぎたあと、チョビのウンコがタイヤの溝を残してペシャンコになっている。ティシュペーパーではつまめそうもない。なんとも哀れな姿である。それでそのままにして、

「せわしい世の中だね」

チョビにいって散歩を続けた。

＊

定年後は何事にもあくせくせずのんびりすることに心がけている。収入のふえることは困難な

望みであるけれど、のんびりした気持でいることは望みのないことではないだろうと思う。温顔という言葉がある。そういう顔の老人になればいいと思う。間抜け面という言葉もある。まあそうなったとしてもそれでもいいと思う。

チョビとの散歩ものんびりとやる。ただし踏み切りのまんなかでウンコをはじめたときは例外である。のんびりと散歩しているのだから、道を尋ねられたときは、ゆっくりと丁寧にお教えする。女性であれば美醜年齢を問わず近くまでお送り申しあげる。

信号のある交叉点で、赤になってもゆっくりと待つ。勤めている頃は、朝、赤信号でイライラしたものだが、春風駘蕩たる気分で青を待つ。

青になる。歩き出すと同時にポケットに手を入れて定期を出そうとするときがある。どうしてそんなことをするのか分らない。

赤信号でチョビと待っている。厚い雲の日である。その雲が切れて暖かい日差しが私たちを包む。歩いていいような気分になって一歩踏み出す。信号はまだ赤なので、一歩後退する。どうして歩いていいと思ったのか、分らない。

チョビとの散歩にお金はかからない。太陽と空気を友とするだけである。これでチョビが公園を好いてくれれば一層いいのだけれどどうしても公園はいやがる。もっとも公園には変な色の変なすじの入った体操服を着たオジサン、オジイサン、ときにオバサンが駆け足らしいことをしている。

このときの人相の恐いこと。あれじゃチョビがいやがるのも無理はない。人間は街なかを普通に歩いている方が人間らしい顔付きをしているものである。

チョビと散歩していると、身も心も軽く楽しい。元気である、もう少しくたびれてから定年退職した方が良かったかな、と思うこともある。

「もう隠居ですか、勿体ない」

という人もある。そんならと就職を頼んでも駄目である。無理な就職を願うより、温顔を目標に散歩を楽しんだ方がよろしい。

散歩の道に、「区のお知らせ」という看板が立っている。それに「訃報」というのが出ている。死亡、葬儀の知らせである。年齢も出ている。だいたい五十代後半から六十代前半である。平均寿命の前である。

私は、「訃報」の年齢を見るたびに、元気なうちに定年になって良かったな、と思う。チョビも老犬、私も老人。散歩が楽しめるときは散歩を楽しもうではないか、そうチョビに語りかけて、のんびりと街を歩くのである。勤めていると健康な人たちといつも一緒にいる。たまにマスクをかけて目を充血させて、タバコをすっては咳込んでいる人がいるくらいのものである。若さと健康は無限に続くように思うけれど、それは錯覚である。

早朝チョビと散歩すれば、歩行器で歩く練習をしている中年の人がいる。昼間なれば自宅の前でじっと陽をあびている体の不自由な老人がいる。そして、「区のお知らせ」である。

晩年を老いにおいた神は間違っている。人間は老人で生れ、赤ん坊で死んだらどんなに幸福であろうか。フランス人がこんなことを書いているのを読んだことがある。老人のおしめより赤ん坊のおしめの方が本人もはたの者もなんぼ楽かしれない。神さまが間違えたにしろ私は老いに向っているのである。温顔もしくは間抜け面の老人で、なんとか病気になっても苦しまず、神さまが一緒に行こうとおっしゃったら、余りじたばたしないように心がけておかないといけないかもしれない。六十歳を過ぎたら、あの人、この人、知り合った人を思い浮かべてみるといい。生きている人より死んでいる人の方が多いのではあるまいか。

それまでは、太陽と空気とチョビを友として街を歩いて楽しんでいたらよろしい。「区のお知らせ」を見れば余生を楽しむのに六十歳はちょうど良いのではないだろうか。

とはいうものの温顔の人になるのに、なにも定年を必要とする訳でもない。チョビと散歩に出ると、すぐある小さな商店のご夫婦は共に温顔である。部長、局長、社長などという顔ではない。例外はあるとしてもサラリーマンの顔は地位と共に冷たい仮面づらになるようである。

私がチョビと通ると温顔のご主人は、

「おはようございます」

にこやかにおっしゃる。私も、

「おはようございます」

と顔の筋肉をほぐしながらいう。ご主人は、続けてチョビに、

「おはよう」

と声をかける。チョビはキョトンとしている。

ご主人が町会の用で来ることがある。チョビは吠えない。尾っぽを振って出迎える。

「いらっしゃいませ、ご苦労さま、朝は失礼いたしました」

そういっているようである。

サラリーマンの椅子

私が勤めてまだ間もない若い頃、仕事を変ることになった。私に新しい仕事が出来るかどうか不安で、そのことを口に出したら、ずっと年をとった先輩が、

「なあにサラリーマンなんて椅子が仕事をするようなもんですよ。その椅子に坐れば回りもそのつもりになるし、自分だってそのつもりになって、なんとか仕事は片付いていくもんです」

そういわれた。

そしてどうも特別の場合を除いてそのようである。するとサラリーマンというのは、椅子だけの存在であろうか。だから定年で椅子が無くなるのがたまらないのだろうか。私は定年後勤め先のよりは楽な椅子を部屋に置いてある。しかしパイプ屋さんの椅子の方が坐り心地がいい、あるいは映画館のが心地良い。

私の勤め先の椅子は、たしかネコスとかいう会社の規格品である。べつに人間も規格品だから椅子も規格品にしておけという訳ではない。就職したときは肘掛無しである。高校卒は何年後、

大学卒は何年後という規則があって肘掛椅子となる。新しく買った椅子が来ることもあるけれど、ときには死んだ人の椅子とか定年退職者の椅子が来ることもある。女性は六十歳の定年まで勤めていても肘掛無しである。差別といえば差別である。

座布団は私物である。これはどんな柄でも、どんな大きさでも自由である。これが無いと椅子はビニール張りだから洋服のお尻がひかることになる。私も小さな座布団を敷いていた。定年退職になるのでどうしようかと見てみたら、何年も尻に敷いていたので、文字通り薄い煎餅布団になっていた。うちへ持って帰って、あんまり尻に敷いていると、おれもこうなるぞ、とオクさんに見せようかと思ったけれど、その程度では悔い改めるオクさんではなさそうなので屑籠へ捨てた。真実ペッチャンコになっていた。

課長、部長とそれぞれ規格品の椅子と机である。規格品であるからみな同じである。なんとなくネコスの椅子に任命されているような格好である。ネコス部長、ネコス課長といった風景である。そして、規格品であるから、ちっちゃな課長は椅子のなかに坐っているようであるし、大きな部長は椅子からはみ出している。いまに管理職用椅子に丁度おさまる人間でないと管理職にしないという時代が来るかもしれない。

ある日友人に、ネコス課長、ネコス部長の話をして、いささか滑稽なながめである、と私はいった。

「その方がいいんだよ。ぼくのところは金が無いから昔からつかっている木製のものなんだけど、これが問題の種になることがあるんだよ」

友人は、つぎのようなことを話すのであった。

あるとき、同期に入った二人が同時に課長になった。庶務課長である友人は、二人のために机と椅子を倉庫で見つくろった。二人の課は並んでいたから、課長同士も並んでいた。一人の課長が友人のところへやって来ると、そっとほかの者にきこえないように声をひそめていうのであった。

「ぼくの椅子だがね」

どこか具合いが悪いのか、と友人は思ったが、そうではなかった。ボソボソと耳のそばに口を寄せて小声でいうところによると、隣りの課長より背もたれの高さが低い、ということであった。

「つまらんことだけど、平等、公平にしてもらいたい」

友人は、みんなが帰ってから、「バカの高あがり」と文句をいいながら、もう一人の課長の背もたれの高さをメジャーではかり、翌日、倉庫の椅子の背もたれの高さをはかった。どれも低い。それで文句をいって来た課長用に背もたれの高い椅子を一つ買ってあてがった。

友人のところへ、古い椅子の課長がやって来ると、そっと小声でいうのであった。

「新しい椅子を買ったけれどどういう訳なんですか。片方が新しくて、私のは古いというのはなにか理由あってのことですか」

まさか理由はいえないという訳で、友人はこわれて修理がきかなかったからとかいって誤魔化した。

「私の椅子も具合いが良くありません。古いのは駄目ですな」

と古い椅子の課長がいった。友人は新しい椅子を買って、古い椅子の課長にあてがった。

これで一件落着と思っているところへ、背もたれの高さで文句をいった課長がやってくると、小さな声でいうのであった。

「この前は有難う。ところで」

要するに隣りの課長の机には電気スタンドがあるけれど、自分のところには無い。なにか理由あってのことであろうか、ということである。友人は倉庫へ行って探したけれど電気スタンドの余分は無かった。また片方だけに新しいのを買えば文句が出るだろう、と同じのを二つ買い、古いのを倉庫行きとした。

これで落ちついただろうと友人が思っていたら、またやって来た。そして顔をくっつけるようにしていうことは、机のガラスの下に、もう一人の課長には布の下敷きが入っているけれど自分には無い、というのであった。わが友人は、布を買うと二つに切って、両方の机のガラスの下に入れた。古い布を部下のガラスの下に敷かせたら、また課長がやって来ると、「管理職の布を平職員がするのはどうかと思う」といった。友人は聞き流しておいた。

「おたがいに鼻ペチャだからいいようなものの、片方が高かったら整形外科に行っただろうか」

友人は笑っていた。

「それで落ちついた訳ですか」

「ええ、しかし、最初に背もたれの高さで文句をいって来た人は、入院してしまいました。随分長く入院して、死んでしまいました。難しい病名でしたけれど、やさしくいえば脳に特殊なカビの生える病気でした」

「カビが文句をいわしたんだろうか」

私がいったら、友人は、

「そうかもしれません。しかし、多かれ少なかれサラリーマンにはこういう要素があるんだと思います。そして、それがばっかしになるとカビが生えてくるんじゃないでしょうか」

そういっていた。

*

「サラリーマンは、出勤しているのがあたりまえなんだ。あたりまえのことをしているのにハンコを押すってのはおかしいことだと思うよ」

と友人がいったことがある。

「欠勤だとか遅刻だとか、異常なのを確認しとけばいいんだ。ちゃんと出て来るという義務を正常に果しているのに、そのうえハンコを押させるっていうのは失礼なことだし無駄なことだと思うよ。出勤簿のハンコが仕事する訳じゃあるまいし」

私の勤め先にも出勤簿はあった。三十有余年押していた訳である。朝、出勤し、椅子に掛けて、あるいは立ったまま机の引き出しからハンコを出すと、出勤簿のあるところまで行く。何人もが毎日めくるから何人もの手垢のついた出勤簿をめくってハンコを押す。朱肉が手につくこともある。わが勤め先では事務所についてまず最初にする仕事は出勤簿にハンコを押すことである。それからは各々それぞれであるが、出勤簿のつぎの行動はトイレに行くのが多いようである。三十分から一時間という剛の者もいた。こういうのは定年前にトイレの建て増しをしておかないと家族が困るだろう。
七、八年前に出勤簿に三文判を押すのがいやになってサインですませた。しばらくそうしていたら、同じようにサインですませていたのがハンコを押し出した。どうしてハンコにしたのかきいたら、総務課長にサインでは駄目だといわれたということである。なぜサインでは駄目なんだろうと重ねてきいたら、就業規則の何条かに事務局員は出勤したら所定の出勤簿に捺印すべし、とあるからサインでは駄目で捺印しなければいけないんだ、ということであった。

総務課長というのは就業規則の番人みたいなもんだから、やがては私のところへもなにかいってくるだろう、サインはやめようと思った。しかももとの三文判に戻るのもいやだったので、ゴム印をつくった。ゴム印だと朱肉でなくスタンプインクでこと足りる訳である。

総務課長がサインについて、なんとかいってくる前にゴム印が出来上ったので、それを出勤簿につかい出した。そうしたら総務の女性から文句が出た。予想しなかったことだけれど、文句の理由をきいてみたら、もっともな文句のようでもある。私は事務所出入りのハンコ屋にゴム印を頼んだのだけれど、総務のゴム印もそこでつくっている。総務の女性は出勤簿に、ハンコが押してないと、遅刻とか通休とか出張とかそれぞれハンコを押さなかった理由を出勤簿に押す。そして一カ月ごとに集計して整理する。そのゴム印と私のと同じハンコ屋でつくったものだから、大きさ、字体が同じなのである。集計するときどうにもまぎらわしくて困るという訳である。私は女性のいうことをきいてゴム印をやめることにした。サラリーマンは女性のいうことを割りときくものである。役員なんて秘書課の女性のリモコンで動いているようなものだろう。

また三文判に戻るのはいやだったので私はサインをもとにしたハンコをつくることにした。こんどは事務所出入りのハンコ屋でなく有名なハンコ屋に足を運んだ。三文判でなく特別製のハンコをつくるのは、今回がはじめてではなく、就職して出勤簿を押し出したときからつくったことがある。

出勤簿というのはサラリーマン存在の確認のものだろうか。考えてみると私という存在はまず生れて、出生届で確認された。学校には出席簿というものがあった。軍隊では毎朝点呼というのがあった。

就職してハンコをつき出したとき、丸か楕円の紋切り型のハンコではつまらないと思って三日月形のハンコをつくった。三日月形だから出勤簿の捺印欄に斜めにおさまる。右上隅から左下隅へ斜めに押した翌日は左上隅から右下隅へ、その翌日は右上隅から左下隅へと押す。日が続いて連続した模様になる訳である。一カ月もたてば出勤簿の私の頁は異色あるものになるはずであった。しかし一週間と続かなかった。事務局長が私の出勤簿を見て総務部長を呼ぶと、

「不真面目である」

といった。総務部長は私の所属する部の部長に局長の言葉を伝えた。部長は三日月形ハンコについての局長の意見をいって、三日月形のハンコは使うのをやめた方がいいといった。以来私は三文判を買ってずっとつかっていた訳である。それが戦争中のことであるから随分長い間三文判をつかっていたことになる。そして三文判を押すのがなんとなくいやになったのである。習慣は人を麻痺させるというけれど、そうでない場合もあるようである。

私はサインをもとにしたハンコが出来上ったのでつかい出した。文句はどこからも来なかった。サインはいけないけれどサインをもとにしたハンコならよろしい、という訳である。なお今回の

ハンコは三日月形ではない。やや大きい丸形である。サインのハンコは女性たちから評判が良かった。女性たちは紋切り型のハンコに飽きているのかもしれない。サラリーマンの世界にいる女性には、サラリーマンと結婚するのを好まない人が割りといるものである。

いい気持でサインハンコを使っていた。そしたらいつともなく勤め先で使っているのが惜しいといおうか、ステンレスの事務机の引き出しに二十四時間放り込んでおいたのではハンコに気の毒だ、という気持にもなって来るのであった。

そんなとき私のハンコを押した書類が戻ってきたのを見たら、私のつぎにハンコを押す人のハンコが、私と同じように大きいのである。大きなハンコが二つデンと並んでいるのは、間の抜けた感じであった。ハンコ大きさがゆえに尊からず。そんなことをつぶやいて私はサインハンコを持って帰り、三文判に戻った。そして定年まで使った。

定年の日の朝も出勤簿を押した。仕事は無いからハンコをご苦労さまと思ってながめた。すり減って文字は判読出来なくなっている。もうつかい道はないようである。私はくたびれきったハンコに、いままで愛さなかったことを謝罪した。

＊

私は年の割りには髪の毛が多い。財産は残してくれなかったけれど、両親に感謝していることの一つである。俗にいうロマンスグレーというやつである。

これの生えるのにお金も税金もかからない。三度の食事さえしていれば自然に生えてくるようである。朝、時間に追われることなく、ゆっくりと髪にブラシをかけながら、鏡に向えるのも定年後の楽しみの一つである。定年後は日常茶飯なんにでも楽しんでしまう。これが生活というものであろう。

ずっと前、私より一つ年上で髪の毛の薄くなった友人がいた。私と同じに帽子愛好家であった。若禿隠しだから容易なことでは帽子を取らない。

女子大生のアルバイトサロンというところに一緒に行ったことがある。

「どこの大学で、専攻はなんです」

私がホステスにきいたらキョトンとした顔をしていた。看板に偽わりありといったところである。

「どうしてそんなことをきくの」

「入口に女子大生のアルバイトサロンってあったよ」

「あら、そんなこと書いてあった。女子大生なんて一人もいないわよ」

友人は帽子をかぶったまま、いいご機嫌になっていた。私はホステスに、友人に帽子を取らせてごらん、ちょっとやそこらでは脱がないから、といった。

ホステスは変なことをいうなといった表情をしたけれど、友人に、

「お帽子お脱ぎになったら」

とやわらかくいった。

「いいんだ」

友人は帽子をかぶったままウイスキーをのんでいる。

私がけしかけたら、ホステスはいきなり友人の帽子を剝ぎ取った。つるりとした禿がアルコールで顔と同じに上気していた。

「ほれみろ」

「あら、兄弟かと思ったけど親子じゃないの」

以来友人は私を女子大生アルバイトサロンにさそってくれなくなった。

もっと以前のことである。勤め先に頑固一徹で口やかましいご老体がいた。このご老体がつるっ禿であった。恐い恐いご老体だったので、私たちは敬して遠ざかっていた。

ある日、年末の大掃除のときであったかもしれない。ご老体は頭をなにかにぶつけた。

「痛い、痛い」

ご老体は顔をしかめ、サルのように片手を頭にあてた。

間髪を入れず、同室の一人が、

「ケがない。ケがない」

と叫んだ。

ご老体は無念至極といった表情で、叫んだ者をにらみつけていた。私たちは笑いたい。しかし、ご老体の無念至極の顔を見て笑う訳にもいかない。笑いたいのを我慢するというのも苦しいものである。にらみつけていたご老体はやがて、

「ケがない、ケがないか」

頭をさすって笑い出した。それで私たちも安心して笑うのだった。

昔の職場は呑気で間の抜けたところがあった。戦後すぐのときは、まだ就業規則も無く定年制も無かったので七十過ぎのご老体が勤めていた。ガリ版を書くのが仕事だったけれど、のろいので頼まなかったようである。暖房もままならぬ時代であった。オーバーを着て机に向い、水っ鼻を出したり引っ込めたりして居眠りをしていた。昼休みになると私たちは表に出て日なたぼっこをしていた。丸の内に自動車は余り走っておらず、新丸ビルのあるところは広い水たまりであったように記憶する。

ご老体は信玄袋みたいなものを下げて出勤してくる。お弁当と目覚時計が入っている。机につくと、まず時計を机の上に置く。正午になるとゼンマイを巻く。

ある日のこと終業一時間前いつものように水っ鼻の曲芸をやって居眠りしていたご老体は、ち

ょっと時計を見て信玄袋に入れると、

「お先に」

課長に挨拶しながら部屋を出ていった。課長はキョトンとしていたけれど、

「帰ったんだろうか」

とみんなにきいた。みんなは、そうだろうと思う、といった。

課長は、駆けて部屋を出た。しばらくたって課長はご老体を連れて戻って来た。祖父帰るといった光景であった。また机に向ったご老体は信玄袋から目覚時計を出すと、耳にあてて音をきいたり、振ってみたりしていた。

それからご老体は目覚時計を持って来なくなった。ご老体より目覚時計の方が先に定年になったようであった。

遅くまで残業をしたことがあった。いつの間にか課長の姿が見えなくなっていた。私はトイレに行った。その頃勤めていた事務所のトイレは男女共用であった。

私が小の方をやっていると、

「モシ、モシ」

大のなかからか細い男の声がした。課長の声である。

「ハイ、なんでしょうか」

「すいません、開けて下さい」

私がトイレの戸を開けたら、課長が青い顔でげっそりしていた。

「入ったらこれが抜けましてね」

課長は内側のドアの握りを憎らしそうに見せた。

「入って閉めて、軽くひっぱったら抜けちまって、こんどは入れても入らないんですよ」

その頃の取っ手だから真鍮製である。ネジで止めたのがゆるんで、内側の取っ手の握りが抜けてしまって出られなくなったという訳である。

「二、三回女性が来てノックしましたかな。ハイ、といって、開けて下さい、といったんですが、なんにもいわず行っちまいました。キャッと叫ぶのもいました」

心外に耐えん、といういい方であった。もっとも女性にとってみれば、人気無いトイレで、しかも終業時間はとっくに過ぎてしいんとしている。トイレのドアをノックしたら、なかから男の声で、開けて下さい。これでは逃げ出すであろう。

「かれこれ一時間はいたろうか。雪隠詰めっていうけれど、便所に一時間閉じ込められているって苦しいよ。しゃがんでみたり、立ってみたり、なんとしても身の置き所の無いもんだ。拷問部屋だね」

課長は富士山の頂上を登るような足どりで、トイレの前の階段を登っていった。

戦争中によく居眠りばかりしている女子職員がいた。新婚ホヤホヤであった。ご主人に召集が来て、戦地へ行ったと思ったら戦死した。彼女は居眠りをしなくなったが、戦争未亡人となった。戦後、いくらか世の中が落ちついてきて、勤め先で職員全部の団体旅行をした。深夜、彼女は酔っぱらって、温泉に飛び込んだ。当然のことながらまっ裸である。ただ女湯に飛び込まずに男湯に飛び込んだ。

一人、学校を出て勤めはじめたばかりの青年が入っていた。彼女は前を隠さずザブンとばかり飛び込んだ。彼は前を隠して飛び出すと逃げ去った。

旅行のあとで、それとなく彼女に忠告するように私はいわれたけれど、なにもいわなかった。戦争未亡人の気持はかなしいものだろう、酔っぱらってお風呂に飛び込みたくなるときもあるんだろう、そう思ったりしたからである。

そんな頃から長い年月がたって、私が退職する頃の勤め先は、真面目人間の巣窟みたいになっていた。仕事の途切れた者は、回りの目を意識しつつ、一心不乱の表情で新聞を読んでいる。読んでいるというよりにらみつけている。あくびが出そうになる。しかし、しない。そのかわりに頭をなでる。なでるたびにただでさえ薄い頭髪が、抜けるかのようであった。

定年後、ゆっくりと頭髪のブラッシングをしていると、昔をあれこれと思い出す。そして鏡にうつる己の頭髪をながめて、人間の髪の毛は定年後の方が多くなるもののようである、と思ったりする。

月月火水木金金

勤めていた頃は、毎朝家から私鉄の駅まで十分くらい歩く。自動車の交通量の多いところである。随分前のことだけれど私が出勤した後のお昼頃、白い上っぱりを着て制帽をかぶった人が二人、担架を持って家へ来たそうである。そして対応に出たオクさんに、

「ご主人のご遺体をお預りしたいのです。ご心痛のところ申し訳ありませんが規則ですので」

とえらい真面目、沈痛な表情をしていったそうである。オクさんには、ちんぷんかんぷんである。それでよく訳をきいたら、今朝、出勤途上私が自動車にはねられた。病院に運んだけれど即死であった。それで奥さんは死体を家へ引き取った。しかし、と制帽の人はオクさんにいうのであった。

「事故死ですから一応検視のためご遺体をお預りに来ました」

という訳である。私はこのことを家へ帰ってからオクさんからきいた。

「心配したろう」

「いいえ、うちの主人は勤めに行っておりますっていったら、驚いた顔をしたわ」

「ぼくかもしれないとは思わなかったかい」

「あなただったら、ご近所が騒いですぐ知らせてくれるわ。だいいち病院へ奥さんが行ったっていうんでしょ、私、ずっと家にいましたもの。名前が同じなんで間違えて来たんですよ」

わが通勤の道は危険が一杯の道である。

ある夕方のことである。勤めの帰り、倉庫の前で、倉庫を掃除したあとのバケツの水をぶっかけられた。私は新調の洋服を着て気持も軽く歩いていた。水は半分は直接、半分は地面にぶつかってから私の洋服にはねた。ぶっかけた人は、ぶっかけたことに気付かずバケツを下げ、倉庫のなかへ入ろうとしていた。私はちょっと考え、ズボンから股に水のしみるのを感じ、バケツを持った人を追いかけ、声をかけた。怪訝な表情でいる人に、

「あなたは、いま私に水をかけた。私が見えませんでしたか」

顔の長い、年とった人であった。

「すいません、自動車に気をとられていたもんで」

自動車に水をかけまいと気を配って、自動車の通らないとき水をまいた。そこを私が歩いていたという訳である。しょぼしょぼした目の人だった。私は自動車に比べればたしかに小さく、目立ちにくかったことであろう。先方は平謝りに謝った。私はもし洋服にしみがついたら洗濯代を

持て、としみったれたことをいって別れた。老人に謝られるというのは気分のいいものではないものである。しかしまた歩いていて新調の洋服に汚れ水をぶっかけられるのも気分のいいものではない。

翌朝、洋服を見たらしみ一つなく乾いていた。やれやれといったところである。いつもの道を勤め先へと歩いていたら、きのうの人がいる。私を見て長い顔でにこにこして近寄ってきた。きのう、私はいささか怒ったのでバツが悪い。お辞儀をしたら、先方も挨拶した。

「洋服、おかげさまでなんともありませんでした」

私はいって、おかげさまもないもんだ、と思ったけれど、これも先方の人徳のしからしめるところであろう。

「良かったです。洗濯代は持ちますからいつでもいって下さい」

「もう大丈夫ですから」

私はすっかり恐縮して別れた。いつも軽々しく怒っては反省後悔ばかりしている。こんなことがあって、よく顔の長い人と朝夕会っては、おたがいに挨拶する仲になった。ときには簡単な時候の言葉を交わしたりした。そうしていつの間にか二年ほどたったろうか、私は定年退職の身になった。

のんびりとチョビとの散歩である。ときにはチョビを抱かなければならない場合もある。それで私は、汚いシャツに汚いズボンというういでたちである。チョビはチョビで洗濯とブラッシングはオクさまご多忙で余りしてもらえない。かくて、薄汚れたご主人と愛犬の散歩姿という訳である。顔の長い人のいる倉庫の前は、私たちの散歩道である。二、三回会ったろうか、ある日、にこにこして私たちに近付いてきた。

「病気かね」

「いや定年退職しました」

「どんなふうだね」

「たいへん気分がよろしい」

「おれもやめたいよ、朝晩駅の階段がつらいもんなあ」

本当につらそうにモッサリと歩いているのである。年をきいたら六十四であった。

「おれもやめるかなあ、どんなもんだろう」

「よく雇ってくれてますね」

「安月給の嘱託だもん。でもいつやめるかと待ってるんじゃないかな。頑張ってやってるけど疲れるよなあ、若い者が手伝ってはくれるけど、いい顔はしないしなあ、どうしよう」

「やめても食べていけて、なにかやる好きなことがあればやめたっていいと思うけれど」

「そりゃ大丈夫だ。家作もあるし、絵を画くのが好きだ」

「ならやめた方がいいんじゃないですか」

「やめるかなあ」

それから厚生年金に話は飛んだ。顔の長い人は給料があるので全額もらっていないことをいい、

「来年からは全額出る、ね、そうでしょ」

「六十五からはよっぽど高い給料でなければ出るんだと思いますよ」

私たちは別れた。私はチョビとぶらっと歩く。しばらく顔の長い人は私たちを見送り、それから倉庫のなかへ入った。それからもたびたび私たちは会った。顔の長い人は、私を待っていたかのように話しかけてくると、

「おれもやめるかなあ、体がつらいよ」

という。私は、

「体がつらく、やめても食べられるんなら、やめた方がいいですよ」

という。それから顔の長い人は厚生年金について、いろいろ質問してくる。私は定年退職後の暇のつぶし方ならなんとか相談にのれるけれど、厚生年金のこととなると受け取ってはいるけれど、細かいことは分らないのであった。そのうちに、

「おれもやめようかなあ」

はいわなくなって、厚生年金のことばかりきくようになった。

ある日のこと、

「六十五になったよ。厚生年金は全額来るんだろうね」

と顔の長い人がいった。風の強い日で、目をしばたたいていた。目脂がこびりついていた。突風が吹いたらよろけた。体力が無いのだろうか。

「ええ全額出ると思いますよ。ところでやめる決心の方はどうなりました」

「もう一年勤めようと思ってるよ」

この話を私はやはり定年退職した友人にしたら、

「働きバチが羽根のすり切れるまで働いちゃ駄目だね、もうどこにも飛んで行けなくなる」

といっていた。

*

勤めていたときは日曜日が楽しみだった。ただ日曜の午後あたりから、明日を思いだんだんと暗影がさしたものである。とはいうものの私とは反対の気持になる人もいることだろう。こういう人は定年になって身の置き所が無く困ることだろう。サラリーマンの日曜日の気持の変化は心理学者の宝庫であるかもしれない。

「毎日が日曜日」とはよくいわれる。「サンデー毎日」とは先輩の定年退職者が口癖のようにいっていた。私はやっとそういう身分になった。定年の日が金曜日で、そのつぎが土、日で定年でなくても休みなので、なんとなく損をしたような気分であった。

そして月曜日、ご出勤はしないでよろしい身分である。

定年退職をした翌日、いつものように会社の前まで行って、

「ああ、おれはもう用の無くなった人間だ」

つぶやいて、とぼとぼと家に帰った。という話があるけれど、これはつくり話だろうと思う。時計とにらめっこしながら、お便所、ヒゲ剃り、食事、着替えなどということをしない朝というのは、たいへん気持のいいものである。とてもじゃないけど悠々たる気分を捨てる気持にはならない。よくまあ三十有余年バッタバッタとやってきたものだと思う。

音楽をきいたり、本を読んだり、犬と散歩したり、ゆっくりとお昼ご飯を食べる。一時までに食べなければならないということはない。それから出かける。私は銀座までの定期を買ってある。

私より先に定年退職した友人がいる。友人は、

「定年後は一日に一度は外へ出なければ駄目だ」

と口癖のようにいい実行している。この友人をつかまえるのには、午前十時三十分までに電話をかけないと、どっかへ行ってしまっている。

友人は東京中を歩き回っているみたいである。新宿御苑の定休日がいつだとか、時計を買うな

らどこが安いとか、万年筆、レインコート、その他なんでもどこでどういうものを売っているかについてたいへんな物識りである。銀座四丁目のマクドナルドのハンバーガーの店は、一月元日でもやっているなんてことを教えてくれるのである。私は彼に、

「ステーキ用のフライパンはどこで売っているだろう」

ときいたことがある。一週間ばかり探し回ってくれたけれど、残念ながらこれの売っているところは発見出来なかった。肉が高いから置いても売れないのかもしれない。定年退職者といえども年に何回かはステーキを食べるものである。

私は現役中、この友人が、

「今日は湯島天神のお祭だ」

なんていって出かけるのを、これじゃ出かけるのが仕事みたいなものだ。といささか同情しつつ思ったものである。しかし、これがいざ自分がそういう境遇になってみると、意外に楽しいものなのである。時間は自分の自由、そして行き先は風まかせというのは、なんとも楽しい。この味を覚えたら忘れられるものではない。

ただ私の場合は、交通費が高いから定期を持っている銀座周辺だけをほっつき歩くという訳である。

友人にも結構会う。私は誰れとでも友達になれるたちだけれど、まあ、なるべく猛烈社員でな

く、お金の話をしない、余り実用にならないことをよくしゃべる、愚痴をいわない、まあそんな人を友達にしている。みんないままでの勤めとは無関係の人たちである。

釣りの好きな友人がいる。私は駄目である。あんな不健康なものはないと思っている。寒い日に水に入る。炎天下に長時間じっとしている。それに殺生をする。

「そんなに面白いですか」

私がきいたら、

「面白いです。なにしろ魚との騙し合いですからね。魚もなかなか利口ですよ。知恵比べですよ。人間を騙すのはよろしくないけれど、魚を騙すのは楽しいもんですよ」

「でもね、魚を殺しちまうんだからな」

「いや、釣った魚はまた水に戻してやるんです」

太公望を気取ったようなことをいう。

またある友人は、

「ゴルフがはやって若いもんもやっていますね。ありゃ老人の遊びですよ。止まってるタマを打つんでしょ。若いうちは野球でもテニスでも動いてるタマを相手にしなくちゃ。止まってるタマを打つなんて芸の無い話ですって」

またある友人は、

「この頃の会社は、社員を月給以上に働かすことばかり考えている。社員は社員で自分のもらっている月給以上に働くのがあたりまえだと思っている。サラリーマンは自分の月給分だけ働いてりゃいいんですよ。変な世の中だ」

首をかしげている。

ある私よりずっと年輩の人は、

「帝国大学、いまの東京大学ですね。戦前は優等生に天皇陛下が時計を下さった。恩賜の時計といったものです。あれ、いくらだったたと思います」

いくらだったか教えてくれたけれど、随分と安い時計だ、と記憶している。

「私の同級生でこの恩賜の時計組がいましてね。得意になって見せびらかしたもんですよ。それが年とってから、私に時計を見せましてね、もう得意な顔はしていません。私にいうんです。『この時計が欲しいばかりにおれは青春を棒に振っちまった』」

ある友人は首をかしげて、

「腹が出てきたんだけど、その分目方がふえない、どこか見えないところが減ってるんだ」

そういったら、

「脳味噌だろう」

といったのがいる。そしたらわきできいていたのが、

「そうかもしれない、脳は一・五キロくらいあるんじゃないか」

といった。

こういう友人たちと油を売り合って家へ帰る。よく歩きよくしゃべったからご飯がおいしいし、お風呂がいい気持である。ぐっすり眠れる。

まあ定年後、毎日こんな暮しをしている訳である。いつでも暇なのを知っているので結構友人が電話をかけてきて会うことになる。いつも暇な人間というのはいま貴重品である。

さあ、こういう生活が数カ月続いたら、私に休日というのが無いのに気が付いた。いささかくたびれたから、今日は家でゆっくりしよう。と思っても、愛犬は散歩の催促をする。友人からは会いたいからと電話がかかってくる。

ある日、ある人が私にきいた。

「定年後の毎日はいかがです」

「日曜が欲しいです」

しかし、それはぜいたくというもので、日曜は働いている人のものであろう。定年退職者に安息日は無い。

さみしいネコ

定年になると孤独になるそうである。本当のことなんだろうか。

孤独といえば、日中戦争と太平洋戦争との間の時期に満州から帰って来た人からこんな話をきいた。

その頃、満州国というのがあって日本人が大勢いた。大勢いたけれど満州は広いから、場所によってはまばらにいたといってもよろしい。日本の農村から農業をやりに行く若い人もいた。移民だけれど、その頃はたしか、開拓民といったりしたと思う。日本と違って満州の農地は広い広いものである。

開拓民の一人が日本からお嫁さんをもらった。その頃は政治上のことではなく、輸送上の手段で満州は遠かった。ジャンボジェット機は無かったのである。お嫁さんは一人で満州へ行くことになった。そのとき彼女は可愛がっているネコと別れるのがいやで連れて行った。三毛といった。

彼女は汽車に乗った。当時のことであるから蒸気機関車である。新幹線と違ってのろいからゆっくりと故郷の景色と別れた。しかし彼女は故郷を離れる感傷よりも箱に入れられて貨車にいる三毛を心配していた。当時のことであるからジーパンではなく和服であった。まだ禁止になっていなかったのでパーマネントはかけていた。陸軍が英語を嫌ってパーマネントは電髪ともいった。この頃は逆に日本語をやたらにカタカナにするのが流行している。

彼女は日本から大陸へ渡る連絡船に乗った。彼女も三毛も汽船ははじめてだった。沈んだ彼女の表情はネコが原因と知った船員は船倉から三毛を連れて来た。彼女は元気になって玄海灘で三毛を抱いていた。大陸の港に船がついて三毛はまた箱に入れられた。満州の汽車は日本の汽車より大きく、機関車に鐘がついていた。彼女は貨車にいる三毛を思いながら赤土ばかりの風景をながめていた。三日二晩汽車は走り続け、朝早く、大きいけれど人気の無い駅についた。彼女が降りるとホームに彼が立っていた。挨拶をし荷物を置くと彼女は貨車に駆け三毛を抱いて戻った。

「なんだ、わざわざネコを連れて来たのか」

「はい」

「長い旅で疲れたろう」

「はい」

彼女は三毛をなで、三毛は彼女の指をなめていた。彼は馬車に彼女を乗せると鞭を馬の尻に軽くあてる。馬車は赤土の道をゆっくり走った。二人の新居は駅からずっと離れた丘の下にあった。

高粱の畠ばかりが見えた。近くに家の無い一軒屋であった。

「日本と違って隣りまで遠いんだ」

彼は馬車を降りる彼女に手を貸した。日本だったら彼女は人目を恥しがったろうけれど、高粱畠しかない満州では彼に手を取られ、三毛を抱いて降りた。

彼女は部屋で彼と向い合った。

「淋しいところなので帰りたくなったかい」

「いいえ」

「乗り物ばかりで疲れたろう」

「いいえ」

「元気が無いじゃないか、おっかさんと離れたからかい」

「いいえ」

やさしくいっていた彼が、ちょっと語調を強めて、

「おい、いつまでネコを抱いてるんだ、離したらどうだ」

彼女は驚いて膝の三毛を離した。彼は照れ笑いしていた。

新しい生活がはじまった。夫婦は朝早く馬車で遠くにある開拓民共同の農地で働き、赤い夕日をながめながら帰るのであった。その間三毛は一人ぽっちである。もっとも彼女が帰っても、彼

女は新婚ゆえ、三毛は昔ほどに彼女に相手にしてもらえなかった。

高粱が枯れて冬が来た。満州の冬はえらく寒い。冬の間、夫婦は一日中家にいる。だから三毛は彼女にかまってもらえなかった。雪や氷がとけて春が来た。夫婦はまた馬車で農地に行くようになった。そんな頃三毛の様子がおかしくなった。彼女に寄りつかなくなった。名を呼んでも知らん顔である。かつお節のご飯も少ししか食べない。そして鳴き声が陰にこもっている。外に出たがる。出してやると何日も帰って来ない。

ある春の休日の午後、彼女は鏡台の前で髪を直そうと鏡の覆いをとった。そしたら柱に顔をこすっていた三毛が恐しいうなり声で鏡台にとびついて爪をたて、己の顔に歯をむいて歯をたてる。

「三毛」

叫んで手を出した彼女に三毛は爪をたて、歯をむくのである。彼女は腕から血を出しながら鏡台に覆いをした。彼女と三毛の音で外にいた彼が飛び込んで来て、鏡台をタンスの上にあげた。

「仲間がいないんでさみしいんだよ。ネコをもらって来よう。そうでもしないとおれたちを食い殺しかねない」

それでつぎの休日、夫婦は馬車で同じ開拓民の家へネコをもらいに行った。夫婦の家から往復二時間ばかりのところだった。

「三毛、お友達よ、どこにいるの」

馬車の後始末をしながら、彼は彼女の言葉を笑ってきいていた。その彼女の言葉が絶叫に変ったので、それもひどい叫びなので彼は靴のまま駆け込んだ。彼女はもらったネコを抱いたまま座り込んで、

「あそこ、あそこ」

タンスの上を指してどもっている。そこを見て彼の顔も彼女と同じにこわばって血が引いた。鏡台の覆いが食い裂かれ、その前で三毛が血を吐いて死んでいた。目は自分を見詰めて開いたままだった。

こういう話である。私はつくり話だろう、と思う。しかし話してくれた人は本当にあったことだといった。そうだとすると定年後の孤独は恐いことだと思う。

*

定年というとかなしく陰鬱、陰々滅々たるものであるかのような風潮である。真実そのようなものであろうか。

定年退職者は肩をすぼめ、老いたるハムレットのような表情でしぼんでいなければならないのだろうか。

私の友人が、

「定年後は、定年面といおうか、定年特有の雰囲気がただよってくるもんですよ」

といったことがある。

どうしたらいいだろう。人間は年をとる。年をとれば幸か不幸か現職中に働きながら死亡した人以外は、定年退職をする。高齢者社会である。銀座の歩行者天国は陰々滅々たる老いたるハムレットの散歩道となるのであろうか。

そうでもないだろう、と定年経験者の私は思う。陰々滅々はかえって勤めている人たちの方ではないか、とも思う。満員の通勤電車の乗客の表情を見てみるがよろしい。現職中が天国で定年後は地獄ということもなさそうである。

せめて月給が来なくなったんだから、顔付きだけでものんびりしよう、余生を楽しんでのんびりと死を迎えよう、そう思ってもなにか余生を楽しんではならんという雰囲気でもある。いままでは勤め先と付き合ってきた。これからは人生と付き合おう、という声も余り無い。

「あなたは定年になったら生きることをやめるんですか、人間も廃業するんですか」

私が定年を心配して、ベレー帽をかぶった定年先輩者に相談したとき、こういわれたけれど、この言葉は定年後になって身にしみる。定年後、サラリーマンは死んだかもしれないけれど、人間は生き続ける。生きていればこそ犬を愛することも、犬との散歩を楽しむことも、娘と喧嘩することも出来るというものである。そしてそれが生活である。定年は人間の生活までは奪えないものだろう。

「人間には二十四時間平等にあたえられている。それをどう配分するかは各個人の裁量にまかせられている。寝る時間、仕事についやす時間、自分自身のための時間、これらをバランスとってやっていかないとね。二十四時間仕事のための時間だなんて思っていると、定年になって途方に暮れるよ」

そういった友人がいる。

またある友人は日曜日、ふだんより早く起きる。

「日曜くらい寝坊したらどうです」

私がいったら、

「勿体なくて、ああ今日は日曜なんだ一日自由だ、と思ったら寝てなんかいられませんよ」

と答えた。日曜早起きの友人に定年が近づいたとき、再就職の話があった。

「いま指折り数えて定年を待っているんですから」

そういって断わったそうである。そしてこの友人が定年になり五年たった。ときどき銀座で会う。老いたるハムレットのような顔はしていない。毎日早起きしているそうである。

私の現職中、私より先に定年退職した人がいる。退職間近のとき、ボーナスが出た。

「あ、最後のボーナスか」

彼はつぶやいた。深刻なつぶやき声であった。

それで私は定年退職している指折り数えての友人に、

「どうです、ボーナスの来なくなった気分って」

「そうですね。やめて最初のボーナス月には、ああボーナスが出たっけな、と思ったりしますけど、いつの間にかボーナスのことは忘れちまいます。影響力のあることじゃありませんよ」

そういって笑っていた。

べつの友人で自由業のがいる。

「たまにクラス会に行きますね。学校では無邪気な青年だったのが、いい年の分別顔で、お辞儀が上手になっています。そのお辞儀が、商社は商社、役人は役人、銀行は銀行ときまった形になっています。お辞儀まで管理されてる。いやですね、私サラリーマンにはなれんでしょう。幇間ではないんだから」

彼は続けて、

「人間ってのは会社に管理さるべきじゃないと思いますよ。管理というのは自分で自己を管理しなくては。今日人生が楽しかった、明日も人生が楽しいように自己を管理する、そのように人生に向えるように自己を管理する。それが人間にとって一番重要な仕事じゃないですかね。なにしろ人間は有限の時間のなかを生きているのですから、生きて楽しかったという方向に自己管理しなくちゃ」

と勇ましいことをいった。もっとも別れぎわに、

「今日は自己管理についていいお話を有難う」

私がいったら、

「えらそうなことを申しまして、本当のところは女房にいいように管理されているのかもしれませんけれど」

はにかんでいた。

最後のボーナス氏は定年退職後、再就職した。よっぽどボーナスが好きなんだろう。

最後のボーナス氏よりもっと前に定年退職した人が、私に手帳を見せたことがある。手帳には自分よりあとから定年退職する人の氏名と年月日が五、六人書いてあった。あとに続く仲間を待っている気持なんだろうか。

手帳氏はまだ生きている。死んだらあの世で手帳にあとから来るであろう仲間の名前を書くんだろうか。陰々滅々薄気味悪い。手帳氏の長命を祈る気持切なるものがある。

お辞儀と敬礼

私の定年になる前、定年になった友人が、

「やめたら、頭を下げないですむ生活をしていることに気が付きましたね。気持のいいものです」

といったことがある。仕事で威張りくさった若い役人に頭を下げるのがとてもいやだった、ともいった。

「あなたはいやじゃありませんか」

そういわれて考えてみたら、幸い私のサラリーマン生活は頭を下げないですむ仕事ばかりである。そのかわり月給は友人の方が多かった。しかしそういわれてからは、なんとなく頭を下げるのにひっかかるものがあるようになった。サラリーマンというのはよく頭を下げる動物である。「私の下げるのは頭だけである。心までは下げない」とフランスのエッセイストがいっているし、私もそのようにしているのだけれど、そうもいかないようである。頭だけのつもりでも、しょっちゅう頭を下げているると気持も下ってくるんじゃないかと思う。こりゃおれも定年になった方がいいかな、と思うようになった。

したくないお辞儀するのは苦痛なことである。サラリーマンは一日に何回くらいお辞儀するものだろうか。サラリーマンはよくハンコをつく。それで一回つくのはいくらにあたっているか、月給を日割りにして、それから時間割りにして、それから分割りにして計算してみた友人がいるけれど、お辞儀もいくらにつくか計算してみると面白いだろう。

ずっと以前に定年退職したベレー帽をかぶったご老体が、私を勤め先に訪ねて来られたことがある。お帰りになるとき私はエレベーターまでお送りしようとしたら、

「もうここでいいよ。エレベーターに向ってお辞儀なんてみっともないことをしなさんな」

というのであった。変なことをいうなと思ったけれど、どういうことかとエレベーターまで無理に送らせてもらって、お辞儀はしないで立っていた。エレベーターのドアが閉まった。わきを見たら、やはりエレベーターに人を送った人が、深々と頭を下げていた。ご老体のいった実体が分った。それまで気付かず私はエレベーターのドアにお辞儀していたのである。以後、ご老体の言葉に従って万止むを得ないとき以外はエレベーターまでは送らないことにした。見ているとみんなエレベーターのドアにお辞儀している。よそへ行って、エレベーターまで送ってくれることがある。ご老体じゃないけれど、「おやめなさい」といいたいところだけれどそうもいかない。

ドアが閉まる。深々と頭を下げている人が見えなくなる。あたりまえの風景といえばあたりまえ、滑稽といえば滑稽である。ベレー帽のご老体は長いサラリーマン生活で滑稽を感じていたのだろう。

いまは無い大日本帝国陸軍というところは、お辞儀、敬礼についてやかましくもまた滑稽なところだった。私は負け戦さがまだ苛烈にならないとき、軍隊に取られて満州に行った。二等兵であった。それ以下の階級は無かったから私は敬礼されることなく、敬礼ばかりする訳である。軍隊では帽子をかぶっていたら挙手の敬礼をしなくてはいけない。甲子園での高校野球選手のように帽子を取ってお辞儀をしてはいけないことになっていた。私は兵隊ではあったが、心は自由人でありたいと思っていたせいか、挙手の敬礼をするところを、ついうっかり軍帽を取ってお辞儀をしてしまうのであった。営庭で中隊長に会ったとき、それをやった。お辞儀されて中隊長はとまどったようだった。中隊長にとって、兵隊に帽子を取ってお辞儀されたのは、空前絶後だったのだろう。

私はしばらくして入院して、白衣の軍人ということになった。病院の付近はなんにも無い。軍隊だけである。ただ軍隊があれば、慰安の場所もある訳で、それでそういう女の人たちで国防婦人会というのも出来ていた。ある朝、病院でこんな命令が出た。「明日、この病院に国防婦人会の慰問がある。婦人会の中には女給、酌婦が多い。しかし明日は婦人会の人として来院するのであるから言語、行動には十分注意するように」

兵隊たちはがぜん元気になって国防婦人会の来るのを待った。白衣の洗濯をして寝押しをする兵隊も随分といた。そして当日になって病院は女性たちの訪問ではなやかな雰囲気になった。廊下も病室も化粧品の匂いでむんむんした。古い兵隊とは馴染みの人もいて、

「あら、あんたこんなところにいたの」

二人で寝台の上で話しはじめたと思ったら、きわどい話をしてゲラゲラ笑っている。なかにはそっとウイスキーを持ち込んで患者と酒盛りをはじめている。私はあれよあれよとながめていたけれど、化粧品の匂いは心を和らげるのだった。軍隊という男ばかりの世界は気持を荒涼たるものにする。病室に迷いネコが入って来て、その毛をなでると、そんなことで気持が安らいだものである。男世帯ばっかりで何年も暮したら戦争がしたくなる気分になってくるものだと思う。サラリーマンの世界に女性が進出してきているのは慶賀に耐えないところである。しかし、女性たちが殺伐として男に似てくるのはどうしてだろう。人類の将来は危険である。

国防婦人会の面々は大いに慰問して、しばし兵隊たちを骨抜きにして帰ることになった。私たち兵隊は病院前に整列して国防婦人会の人たちを送る。屋外だから兵隊たちは軍帽をかぶっている。国防婦人会がにこやかに頭を下げて別れの挨拶をすると、兵隊たちはかっこ良く挙手の答礼をする。

「お元気でね」

私の前に来た女性が、そういってやわらかい微笑をしながら頭を下げた。

「有難う」

私はそういうと、ゆっくり軍帽を脱いでお辞儀をした。

「なんだ、なんだ」

「あの兵隊どうしたんだ」

「おい、それでも軍人か」

兵隊たちは大騒ぎした。私は病室へ戻ってからビンタだろうと覚悟した。しかし国防婦人会の慰問でぐにゃぐにゃになった古兵たちは、帽子を脱いでお辞儀をした兵隊のことは忘れてしまっていた。これをその頃の言葉で天佑神助というのだろう。

東京の病院へ来てから、ある日一人で外出した。電車のなかで職業軍人で将校になっている中学の同級生に会った。友人は背広に中折帽であった。どうして軍服でないんだい、ときいたら、

「敬礼が面倒なんでね」

といっていた。ひさしぶりで会ったので話がはずんだ。そして友人の方が先に降りるので、扉のところで別れた。

「元気でな」

友人は背広、中折帽で挙手の敬礼をした。癖になっていたんだろう。私は私で白衣で軍帽だったけれど軍帽を脱いでお辞儀をした。見ていた乗客はおかしな二人、と思ったことだろう。

やっぱり東京の病院にいたとき引率外出というのがあった。軍医が患者を連れての外出である。日比谷公園に行って、そこで三時間ばかり自由行動ということになった。私は親しかった軍医と銀ブラをして、喫茶店でお茶をのんだりした。銀ブラをしていると軍人に会う。私は二等兵なんだから、まず私が敬礼をしなければならないのだけれど、私はしない。出会った兵隊は将校の軍医に敬礼する。すると答礼する軍医と一緒になって私も敬礼する。ちょっと偉くなったような気分であった。このことを軍医は憶えていて、戦後三十年以上も過ぎて、開業医になっている軍医のうちに遊びに行ったら、なにかの話から、

「洗濯しないもんだから汚い白衣なんだ。これで傷痍軍人かと思った。乞食みたいなもんだ。それをよくまあおれは一緒に銀座を歩いたもんだと思うよ。そのうえ図々しいんだ。兵隊が来たって知らん顔しているんだ。おれに敬礼する。するとまるで自分に敬礼されたみたいに答礼する。ハラハラしたねえ」

と奥さんにいいつけていた。

サラリーマンのお辞儀から軍隊の敬礼のことを思い出してみて、私はサラリーマン時代もお辞儀のうまい男ではなかったろう、と思うのだった。

勤めている頃は、よくネクタイを変え、ポケットチーフに凝ったものである。どうしてそういうことをやったのか分らない。平凡で退屈な勤めに変化をつけるつもりだったのかもしれない。勤めというのは気ぜわしく仕事をしているくせに退屈を感じるところであった。

＊

サラリーマンの背広はドブネズミといわれたこともあるけれど、背広はサラリーマンの仕事着なんだから、ドブネズミでも仕方がないと思う。ボールペンとか朱肉とかコーヒー、ラーメン、お酒などなどがどうしても付着する。結局のところドブネズミが無難ということになる。そしてサラリーマンの宿命である目立たない服装ということになると、ドブネズミに落ちつくわけである。しかし、派手な服を着こなすのはそんなにむずかしいことではなく、ドブネズミをうまく着こなす方がむずかしいものである。ドブネズミを着こなしたサラリーマンには余り会ったことがない。しかしサラリーマンのドブネズミには生活のにおいがしみついているようである。サラリーマンのドブネズミは、サラリー・エレジーをうたっているようでもある。

名刺と通勤費は勤め先が持つ。しかしどうしてもしていなくてはならないネクタイは自前ということになっている。自前だからバーゲンのネクタイで間に合わせている組と、もらいもので間に合わせている組とに分れるようである。似合うということを度外視したフランスまたはイタリー製ネクタイをしているのは、もらいもの組である。会社の経費でクラブに通って、クラブのママにもらったネクタイをしている部長連は結構いるものである。そしてこういう連中は定年でオタオタするものだけれど、余り同情には値しない。

いつ頃からか、ネクタイと抱き合わせのポケットチーフが流行してきた。

「ネクタイと同じ生地、同じ柄のポケットチーフがあるだろう。あれはネクタイ屋の商魂に踊らされているようなもんだ。ポケットチーフは純白。どうしても色が欲しければ紺だね。一口に紺といっても、紺には六十三色の違いがあるんだぜ」

こういうことをいう友人がいる。当然のことながらお仕着せを嫌う戦前派である。

十九世紀のことである。プーシキンがフランスに旅した。シベリア鉄道のまだ無い頃だから駅馬車の旅である。プロシャを通り、フランスの国境についた。そこにフランスの駅馬車が乗客を待っていた。フランス人の馭者がハンカチを出して鼻をかんだ。それを見てプーシキンは同行の友人にこういったそうである。

「きみ、ここは文明国だ。馭者ですらハンカチを持っている」

私の子供の頃は手鼻をかんでいる人をよく見かけたものである。いまでは無形文化財みたいなものである。手鼻をかむ人は見られなくなったけれど、つばを吐く人はよく見かけられる。自動車の窓からものを捨てる人もよく見かける。まだ文明国にはほど遠いのかもしれない。私の子供の頃、ジョージ・ラフト、アドルフ・マンジュウ、ロナルド・コールマンなど純白のポケットチーフしかしなかったように記憶している。もっともシカゴのギャングの親分も純白のポケットチーフをしていたようである。プーシキンがそれを見たら、

「きみ、ここは文明国だ。ギャングの親分ですらポケットチーフをしている」

というかもしれない。

国会喚問のテレビ中継を見たら、

「きみ、ここは文明国だ。ワイロをもらった国会議員ですらポケットチーフをしている」

というかしら。このときのポケットチーフは黒のかかった灰色であろう。

戦争前、私は純白のポケットチーフをしていた。当然のことながらネクタイもポケットチーフも自前であった。戦争の雰囲気の濃い時代になって、ポケットチーフは自由の象徴みたいな気がしたものである。兵隊に取られて、ネクタイとポケットチーフの無い年月が過ぎた。病気になって、最後は東京の陸軍病院で召集解除になった。アメリカ映画を見るに召集解除になるといままで着ていた軍服をくれるようである。大日本帝国陸軍はくれなかった。私は家から背広を送ってもらった。紺のダブルに純白のポケットチーフがついていた。私は退院の日、背広に着替え、何回となくポケットチーフの格好を入れ替えてみた。自由になるのである。ポケットチーフを大きく出した。私の心の表現であったかもしれない。そのなりで軍医の部屋へお別れの挨拶に行った。

軍医は開業医から召集された見習士官であった。胸のハンカチに目を止めて、

「おい、そのハンカチもっと引っ込めろよ。これ見よがしに出しやがって、おれだって帰りたいんだ」

といった。

ポケットチーフも語りかけることがあるものである。

トインビーのズボン

晩年のトインビーは、短くなったズボンに蝙蝠傘という格好であったそうである。下から見れば靴があって、靴下があって、それからズボンの裾といった訳である。短いのは、はき古し、洗濯を繰り返したからである。トインビーのズボンに定年は無いようであった。

「先生、ズボンを新調なさったらいかがですか」

トインビー詣でをした日本人がいったそうである。

するとトインビーは、

「私は老人であと何年も生きる訳ではない。このズボンで十分持ちます。新しいズボンを買うなら、その金で本を買います。本ならば私が死んでからでも誰れかの役に立ちます」

と答えたとのことである。

定年まで私は背広のご厄介になってきた。これがサラリーマンの制服といったところであろうか。戦争前には羽織袴のサラリーマンもいた。真夏に冷房なんて無い時代だったから、机の下で袴も着物もまくり上げて扇子で下から上へあおいでいた。戦争中には国民服というのがあった。戦後しばらくは、軍隊から戻ったサラリーマンが、軍服を着ていたことがある。課長が陸軍の兵隊の軍服で、部下が海軍の将校服だったりした時期もあった。

そしていつの間にかいまのようなサラリーマンの服装になった。戦前と違ったところといえば、みんな帽子をかぶらなくなったこととMボタンといったところがジッパーになったことであろう。既製服全盛である。戦前はこれをつるしといっていた。柄が派手になり、生地が軽いものになった。そして背広は消耗品となったかのようである。

戦前の背広は柄よりは耐久力がものをいったかのようである。事実長持ちしたし、長持ちさせたようである。汚れ、変色したセビロは裏返ししたものである。胸ポケットが右側になって二度のお勤めをした。背広は耐久消費財であった。生地はゴワゴワ、ザックリとした感じであった。

戦後からのサラリーマン時代、私は洋服屋さんに恵まれていた。丁寧なつくりで腕のいい洋服屋さんである。ゴワゴワ、ザックリの生地で耐久消費財の背広をつくってくれた。

ただし、こういうものをつくっていると儲からない昨今である。洋服屋さんは、かれこれ二十年近く、ご主人兼職人で一人でやっている。そして、洋服は頼んでから忘れた頃出来てくる。半年から一年である。洋服屋さんは私が何着持っているか知っているから、半年や一年待たしても着るものには困らないだろう、と考えているようであった。

私はその人のつくったもの以外は着ないでずっと通してきた。数年前からゴワゴワ、ザックリの生地を探すのが骨になってきた、と洋服屋さんはこぼしていた。生地を探すのに半年、出来るのに一年。注文した服の柄を忘れた頃出来上ってくるという習慣を続けて来た訳である。

定年退職後もたまに洋服屋さんがやって来ることがある。

「もう背広はいらない。いままでつくってもらったので死ぬまで大丈夫」

そういって私はトインビーのズボンの話をするのであった。

退職後は、チョビとの散歩と銀座の散歩の毎日である。ゴワゴワ、ザックリの背広でネクタイという訳にもいかない。

私はオクさんに相談して替ズボンをデパートで買った。つるしのズボンである。もっともその前に愛犬の散歩用にジーパンを買ったことがある。ジーパンというのは腰が浅い。しゃがむとお尻が出る。うわ向くとへそが出る。私のような老人には、はきにくいズボンであった。ジーパンは人の心を不安定にする。

オクさんとデパートへ行った。替ズボンは生地、柄、サイズ、色とりどりあった。ただしゴワゴワ、ザックリの生地のは無い。

私は買ってきたズボンをはいた。なんとなく体に馴染まない。ペラペラしている。私は電車のなかでそれとなくほかの人のズボンを見た。つるしのズボンが多い。というのはどれも同じ画一の格好である。つるし型とでもいうのであろうか。はいている人の個性の出ていないズボンである。

つるしのズボンをはき出した。そしたら尻ポッケットのボタンが取れた。つぎにお尻の縫い目がほころびた。二、三回洗濯に出したらペラペラが一層ペラペラになった。

愛用したくなる耐久性のあるズボンではなかった。一シーズンの消耗品であった。私は洋服屋さんのつくってくれた古いズボンに戻った。こんど洋服屋さんが来たら、ゴワゴワ、ザックリとした肌ざわりの生地で替ズボンをつくってもらおうと考えている。生きているうちには出来るだろう。

トインビーは、短くなったズボンを愛用しているはずである。よっぽど生地がいいのであろう。高価だったろうと思う。もう英国でもそういうズボンは手に入らないのかもしれない。

定年で勤めをやめたら、ガックリするなんて自分を消耗品のつるしのズボンと自認するようなもんだ、と私は気が付いた。人間は消耗品ではなく耐久性あるものなのであろう。ペラペラではなく、ゴワゴワ、ザックリ、トインビーのズボンでありたい、と思った。

＊

杖ともいい、ステッキともいう。ケーンという人もある。いまの人はこれを持たなくなった。

昔は洒落者の道具の一つであった。べつに足腰が弱らなくとも、人々はお洒落道具の一つとしてステッキを腕にぶら下げたものであった。さようステッキは腕にぶら下げるもので、突いて歩くものではない。ピッケルとは違うものなのである。タップダンサーとギックリ腰の占有物でもなかったのである。

モボとかモガとかいう言葉のあった時代、モボはステッキをぶら下げて銀座へ現れたものである。ステッキがそんなに珍らしいものでなかった証拠にステッキガールという言葉の職業があった。

銀座にはステッキ専門店があり、その頃あった夜店にもステッキばかり売っている店があった。専門店に並んでコロンバンがあった。それで、あのステッキ屋は、コロンバン先の杖だから、世界最高のステッキ屋だという人もあったのである。

コロンバンは開店したとき、パリ風に店先にパラソルと椅子を出した。注文したもののお皿に値段が焼き込んであって、それの計算で払うという方法をとっていた。しかしいつの間にかどちらもやめてしまった。どうしてだろうか。

ステッキは優雅なものだと思う。それで私前後の年の人は、いまでもステッキを持ちたいと思っているのではないかと思う。私だって持ちたい。しかし、いまステッキは足腰の悪い象徴のようなものなので、みんなご遠慮申しあげているのであろう。

ただ一人、私の友人でステッキ愛用者がいる。まだ若いけれど、ジーパン文化に抵抗する気構えなのであろうか。マント風のオーバーを着て、銀の柄のステッキを持ち歩いている。帽子はシャーロックスタイルのツイードハットをかぶっている。

目立つスタイルである。異様と見る人もいるであろう。ジーパンスタイルを異様と見るか、友人のスタイルを異様と見るかは、見る人によることである。

友人と銀座を歩いていたら、銀の柄のステッキの友人に会った。挨拶を交わして別れた。

友人が、

「あの人、足が悪いんですか」

ときいた。

数日後銀の柄の友人と銀座のパーラーでお茶をのんだ。

彼が立ち上ったら、若いウエイトレスが、

「お客さん、蝙蝠傘をお忘れです」

彼は立てかけたステッキを取り彼女の前にぐっと出して、

「これが蝙蝠傘か」

「はい、そうです」

まだ当分、私はステッキを持つことは無いであろう。

厚生年金をルイ十四世から頂戴している年金だと思って、ちょっとラ・ロシュフコオ公爵みたいな人になった気分になって、書いてみる。

＊

定年になったあと、人生について考える時間は十分にある。ところが、そうだからといって十分に考えるとは限らないのである。定年になったからといって、人は利口にも馬鹿にもならない。定年後、惚けたという人があるとすれば、その人はその前から惚けていたのである。

定年後、もっとも愚かなことは、昔入っていた月給のことを思い、将来のインフレを心配することである。しかし定年退職者はこの二つの思いに取り憑かれて溜息をつく。

「われわれ人間の根性は、棚から落ちた牡丹餅でも、それを妙にもったいぶる」そうである。定年後の人間は、定年後のつまらない出来事を妙に勿体ぶる傾向がある。

定年前の生活も、定年後の生活も、そのいずれも同じように愛している人は少ない。たいていどちらかを貶す。

以上のようなことを考えたのはラ・ロシュフコオの箴言を読んでいたからである。そしたら、「野心や恋愛のように激しい情熱ばかりが、ほかの情熱に打ち克てると思うのは誤りである。なまけ心は、どんなにだらしなくあっても、しばしば、情熱の覇者たらずにはいない。それは、人生のあらゆる企図とあらゆる行為を蚕食し、人間の情熱と美徳とを、知らずしらずのうちに破壊し、絶滅する」（「箴言」内藤濯氏訳）

ここを読んで雷鳴に打たれたような気持になった。私は本を置き考え込んだ。私は私のなまけ心は、生れつきのもの、天性だと思っていた。天性に逆らうのは罪悪である。定年になって、やっと私は天性を伸ばせることになったのである。しかし、これが悪しき情熱だという。私の耳にはまだ雷鳴がひびいていた。

私は考え込んだ。しかし考え込むのに椅子は適しない。私は自分の部屋から出ると居間に行きコタツにもぐり込んで横になると、なまけ心と情熱についての瞑想に入った。そしたらいつの間にか眠ってしまっていた。雷鳴もコタツでお尻をあぶる心地良さにはかなわないようである。

よせばいいのに

「いつ課長になるの」

と娘にきかれたことがある。四十代の頃だったろう。こん畜生と思ったけれど、

「なる必要はないんだよ。なったって電話がタダになるだけで気苦労はうんとふえる。それに平でいれば組合総会を委任状でサボれるけれど、部課長会議は委任状で誤魔化す訳にはいかないんだよ」

会議というのは、いいものではない。中年、高年の同じようなサラリーマン面をしたのが顔を合わせて、馬鹿らしいことを勿体ぶっていう。私はお愛想笑いをする。笑いが壁にぶつかって戻ってくる。自分を笑っている笑いになって戻ってくる。会議に出るたびにそう思う。お愛想笑いは楽しいものではないだろう。

「役職はなんだい」

学校友達に電話できかれたことがある。

「無位無冠」

とっさにいった。電話がすんだあとで、「無位無冠」と何度かつぶやいて、なかなかいい言葉であると感心していた。友人は私に案内状かなにか送るので電話をかけてきたので、それが勤め先に届いた。「無位無冠」といったのに、部長の肩書がついていた。ふざけたのか、無位無冠といったけれどご本人は部長だから、同級生も部長だろうくらいに思ったのだろう。友達というのは有難いものである。その後も無位無冠を連発しているうちに五十代になった。五十代になっても無位無冠である。電話代は自分持ち、組合総会は委任状ですませていた。

五十代の終りの頃、仕事で友誼団体の人たちと視察旅行をした。勉強会といってもよろしい。こういうことはご免こうむりたい性質である。しかし、私の勤め先が幹事団体の一つになっていたので、私は出かけざるを得なかった。出納係りである。会費は個人が出すのではない。勉強のための旅行だから、勤め先持ちである。出張あつかいである。

原子力発電所を見学する。そのあと懇親会があって、翌日はゴルフ組と観光組とに分れる。これを一つにまとめての出張あつかいである。幹事たちの打ち合わせのとき、

「懇親会には芸者は来るの」

「芸者はいないんですよ。そのかわりホステスってのが来ます」

「ホステスねえ」

「芸者みたいなもんです。和服だそうですから」

幹事たちはそんなことを話し合っていた。こんなことも、サラリーマンの仕事のうちなのだろう。芸者とホステスとどう違うか、幹事たちはしばらく論議していた。

列車に乗った。随分とひさしぶりである。出張旅費はグリーン車の料金をくれている。普通車に乗れば差額が無税で入って来る仕組みになっている。サラリーマン社会公然の秘密である。グリーン車の雰囲気というのは、いいものではない。ゴルフバッグをわきに置いた社用族風サラリーマンがいる。サングラスをした兄《あん》ちゃんふうがいる。社用族と泡銭族がグリーン車料金分だけ、足を伸ばし、だらしのない格好でふんぞり返っているか、居眠りするか、劇画を読んでいる。昔、私たちは旅行するときは岩波文庫を持って行ったものである。星一つ二十銭であった。

原子力発電所を見て、また列車に乗って温泉旅館についた。そのまま列車に乗っていれば上野につくのである。しかしそれでは無味乾燥という訳である。見学の方には来ないで旅館に直行した人たちも数人いた。お酒が出て、ご馳走らしきものが出て、ホステスさんも三人ばかり来た。きれいな着物をやたらに気にしている時間給の労働者である。一人は顔のニキビだかおデキだかを気にしてしきりに指でいじっていた。みんなはご機嫌である。浴衣の上半身を脱いでのんでいる人もいた。中年男のセミヌードは美しいものではない。私がご飯を食べるときホステスさんはショートホープをくわえながらよそってくれた。懇親会がすんで、そのあと部屋に戻ってマージヤンかテレビである。ウイスキーのびんを持って各部屋を回っている人もいた。

翌朝、私がぽけっとしていたら、幹事の一人が、昨夜ストリップショウを見に行った数人がいる、それが観覧料を会費で払ってくれといっているけれど、どうしたもんだろう、と真面目な顔で、いいにくそうに相談するのである。きいてみればいいにくそうな顔をするはずである。ストリップショウの首謀者はその幹事の団体の部長であった。温泉町のストリップ小屋は、マイクロバスで旅館を回って連れてってくれるのだそうである。

「部長のやり方はうまいんですよ。みんなをさそって自分で払っといて、立替えておいたから払ってくれ、とくるんです」

ストリップ部長の部下の幹事は、私がいい顔をしないのでしょげていた。

「なにしろ昨夜だって見たいもんだから仲間をつくって行ったんですよ。見たかったら自分で払って見てくればいいんですけど」

きいてみたら見学はしないで、旅館に直行組の一人である。私はほかの幹事をよんで相談した。朝食前に幹事四人、ストリップショウ観覧代を会費で支払うべきかどうかの相談である。仕方がない払っておこうということになった。私はストリップ部長の顔が見たかったので、お金を用意すると、

「どこにいます、渡してきましょう」

「いやもう帰りました」

ストリップ部長の部下の幹事がいった。

「なんだ、酒のんで、夕食たべて、ストリップ見て、朝帰りという訳か」

「そうです」

家に帰ったら、旅行はどうでした、とオクさんがいったから、ストリップ部長の話をした。

「大人なんだろうかね。ぼくの友達でダッコにオンブは三つまでといったのがいる」

わきできいていた娘が、

「パパ」

「なんだ」

「パパ、部長にならないでね」

冗談ではなくいった。

ストリップ部長もへんなところでお役に立ってくれたものである。

*

若かった頃、勤めてしばらくたった頃のことである。私は、私よりちょっと若い友人と将棋を部屋の奥でやっていた。勤務時間が終ってからなので、ほかには誰れもいなかった。勝負は白熱していた。友人は鼻を赤くする癖があった。王手飛車取りや桂馬の褌をすると鼻の頭がふくらんでまっ赤になった。それが面白くって私は友人と将棋をしたのかもしれない。しかし鼻の頭をまっ赤にするだけ熱心な友人は、やがて私より上手になって、私とやっても、鼻の頭を赤くしなくなった。私は負けてばかりいるようになって、いつか将棋をするのはやめてしまった。それ以後、私は将棋をやっていない。

その将棋をやっている最中に、総務部長がやって来ると、ドアを開けて、

「誰れかいるか」

と怒鳴った。つい立てがあって私たちは見えなかった。勝負の真っ最中である。総務部長は雑用をいいつけるにきまっている。いまは勤務時間外である。思わず私は叫んだ。

「誰れもおりません」

友人は、はっとした表情で私を一瞬見たが、間髪をいれず、

「はい、おります。なにかご用でしょうか」

そういいながら入口へ駆けて行った。

「誰れもいないのに、おりませんって声がするもんかね」

総務部長の声がした。

私は忠良なるサラリーマンとそうでないサラリーマンの違いを悟った。悟ったけれど以後態度

をあらためたかというと駄目のようであった。どうも口がいうことをきかないのであった。

「誰れもおりません」の事件があってから十数年ばかりたってのことであろうか。

「あなたは上役にお歳暮、お中元を贈っていますか」

ずっと年上の友人にきかれて、

「いえ、そういうことはやっていません」

「あなたも三十を過ぎたんだ。上役にはなにかとお世話になっていることだと思いますよ。お歳暮、お中元を贈るようになさい」

「そんなにお世話になっているとも思えませんが」

「自分でそう思っていても、どんなことでお世話になっているか分りませんよ」

「そんなもんですか」

釈然としない気持であったけれど、私は人生の先輩のいうことをきいて、贈ることにした。

三年間も贈ったろうか。面倒臭いものであった。一年二回のことであるけれど、なににしようかと考えるし、デパートでは送り状を書かなければならなかった。いつも、いやだなあと思っていた。

エレベーターで上役と一緒になった。上役は、朝の挨拶をした私を見て、思い出したように、

「お、いつもなにかと贈ってくれてすまんな」

私の口がひとりでに動いたようであった。

「いまさらなにをおっしゃいます」

上役は鳩が豆鉄砲をくらったようであった。

なんてことをいっちまったんだ、と私は後悔した。そしてそのことを友人に話した。

「論語に、駟《シ》もまた舌に及ばずってのがあります。駟ってのは四頭馬車のことで、その頃一番早い乗り物だったんでしょう。それよりも舌の方が早い、言葉にはくれぐれも気を付けなさい」

友人は変なところに学があった。

私はこれを機会にお中元、お歳暮を上役に贈るのをやめた。

あるとき、駟もまた舌に及ばずの友人に会った。私は、贈るのをやめたことをいった。

「中途で贈るのをやめるってのはいけませんよ。そりゃいけませんや」

友人は、やんぬるかな、やんぬるかな、といった表情だった。

私は以後、お中元、お歳暮を贈ったことが無い。

定年になった。その夏、勤め先からお中元が来た。なんとも妙な気分である。

＊

たまには勤めていた当時を思い出す。

四台ずつエレベーターが両側にある。省エネルギーでたいていは片側しか動いていなかった。七階のはずれに大部屋があり、私はそこにいた訳である。大部屋の入口に受付嬢がいた。来客は受付嬢に相手の名をいうと受付嬢は内線電話をかけるという仕組みになっている。大部屋の人間は多い。受付嬢は内線電話番号表を見てかけていた。

受付嬢は真冬にはブラウス一枚であった。真夏になるとセーターを着て脚のわきに電気ストーブを置いていた。冷暖房完備で、その効率は甚だよろしい。真夏には私は暖まりに銀座を歩いてほっとしたものである。

定年退職してから勤め先に用事があった。エレベーターを出たら暗い。どうしてだろうときいたら、省エネルギーでエレベーターホールの電灯を消してしまったのだそうである。要するに執務に関係の無い電灯は消してしまえという訳である。幽霊屋敷へ来たような気がしないでもなかった。受付嬢は内線番号表を読むために電気スタンドをつかっていた。暗いところで電気スタンドの明りで見ると、受付嬢はえらい美人に見えた。石油美人といったらいいんだろうか。

一階入口には守衛さんが二、三人で目をひからせている。カバンは中身を調べられる。ノートに名前を書かされることもある。ただし身分証明書を持っていれば木戸ご免である。ある朝のことであった。守衛さんが出勤してきて入口を入った。仲間の守衛さんに挨拶してから、身分証明書を出していた。顔より紙きれの方が信用される時代という訳でもないだろうけれど、見せる方も見る方も大真面目でやっている光景は、滑稽なところが無いでもなかった。いまでもやっているんだろうか。

少し時間を遅らして勤め先を出ると銀座へ行ったことがある。映画を見るためである。地下鉄のベンチの前を通ったら、ある課の男性とある課の女性が、腰かけて楽しそうに、といっていいか、深刻な表情でといっていいか、もう一見恋愛中と分る格好で話をしていた。私に気付くどころではない。世界は二人っきりといった様子で夢中である。

映画がすんで、地下鉄に戻ってベンチを見たら、さっきの二人は、さっきと同じ格好でベンチにいた。食事はどうするんだろう、と空腹になっている私は余計な心配をしたものである。それからも勤めの帰り、よく銀座へ出かける私は、ベンチで二人を見かけたものである。喫茶店のコーヒーも高くなった。地下鉄のベンチなら無料である。結婚したならば賢明な倹約家である二人はいい家庭をつくるだろう。二人を見てそんなことを考えていた。

そのうちに二人を見なくなったと思っていたら、結婚した。それから何年たっているだろうか、もう子供がいる。まだ住宅ローンを苦労して払っているはずである。住宅ともなると地下鉄のベンチを利用するようにはいかないというのは不幸なことである。

「あんたは未決、既決の箱の前に坐ってハンコを押す単純軽作業の囚人にすぎない生活がそんなに重大ですか」

私が定年を心配したら、ベレー帽をかぶった定年先輩にこういわれたことがある。管理職の机には未決、既決と書かれた箱が置いてある。そのなかにはバインダーにつけられた書類がある。これにハンコを押すのが管理職の仕事である。休暇でも取ろうもんなら未決の箱がバインダーの山となる。ハンコの押し方も人によっていろいろである。中腰になって額に脂汗をにじませて押す人もいる。だらしのない格好で鼻糞をほじくりながら、そしてそう鼻糞はあるものではないから、鼻のなかへ指を突っ込みっぱなしで押している人もいる。

あるとき私はこのハンコ作業をながめていた。鼻ほじくり組が多い。鼻糞をバインダーにこすりつけている人もいる。そして、この作業が終るとバインダーの山をつぎの上役のところへ持っていく。つぎなる上役はまた鼻に指を持っていきながら書類を見、ハンコを押す。ときには書類をめくるときに指を舐め舐めやっている人もいる。バインダーというものは汚いものだと思った。偉い人ほど鼻糞にふれる機会が多いもんだと発見した。

いまも相変らずやっているんだろうか。

＊

人はべつに法律できめられている訳ではないけれど、通常一日に三度食事をするようである。私もそのようにしている。定年退職してからは一層食事がおいしくよく食べられる。間食もする。

友人で間食に甘いものをよく食べるので、あの部屋この部屋と、どこでも食べられるように羊羹を置いているのがいた。そのうち私もそうしようと思っていたら、友人は内臓のどこかに糖分が多すぎるという、病気ではないけれど要注意の検査結果が出て、羊羹は友人の家のそこかしこから姿を消した。私は真似をするのをやめにした。

よく食べる結果、私はよく胃腸を悪くする。あるいは悪くしたと思い込んでいる。

「慢性胃腸病だ」

といったら、友人が、

「胃が悪いのにそんなにパイプがすえるもんですか。あんたの胃は丈夫だよ」

というのである。いわれてみればそんなもんかなと思う。私はこの友人は真理をいう男のような気がするのである。あるとき、この友人は、病気の友人を病院に見舞ってきた。病状は悪かった。

「気の毒なもんだ。人間、地位もお金も無くったって、自分でご飯が食べられ、自分でお便所へ行けるってのがなによりも幸福ですね」

友人は感に耐えずといった表情でしみじみと語った。これが私の耳に残った。そして朝おトイレに行ったとき、三度の食事のとき、私は友人の言葉を思い出す、そして現在の幸福をかみしめる。すると食事がすすむ。そしてすすみすぎて胃腸を悪くする。

「あなたは胃で食べますね」

ある友人が、私が胃の具合いが悪いようだとぼやいていたら、こういった。

「ええ、でも胃でなかったらどこで食べるんです」

「舌ですよ。胃で食べたんじゃ、本当の味が分りませんよ。あなたは味わうんでなく、おなかが一杯にならないといけないいんでしょう」

「ええ、おなかがくちくなって瞼が重くなってくる。あの気分を味わわないでなんで食べたというでしょう」

「それだから胃を悪くするんですよ。胃で食べちゃ駄目です。舌で食べて、もうちょっと食べたいというところでやめておくんです」

「いや、空腹は最良の料理人というではありませんか。胃で味わえばなんでもご馳走になります」

「空腹ではご馳走の味は分りませんよ。ご馳走を味わうには、ちょっとおなかに入れて空腹を押えてから舌で味わうんです。そしてもうちょっと食べたいな、と思うところでやめてごらんなさい。そうすりゃ胃の調子もいいですよ」

そんなことをいわれたもので、私は胃で食べないよう、舌で味わって、もうちょっと食べたいところでやめておいてみた。なんのことはない慢性飢餓状態である。ちょうどそのときなにかの本を読んでいたら、大食漢で食道が一杯になるまで食べるという人のことが書いてあった。食道で食べる人に比べれば胃はまだいい方だと考えて、もとに戻った。

舌の友人に数日後会った。浮かぬ顔である。

「どうしました」

「うまいウナギ屋を見つけたんだ。実にうまかった。もうやめようやめようと思いながら腹一杯食べちまった。それ以来胃が重っ苦しい」

「ははあ、舌で食べないで胃で食べちまったんでしょう」

「うん胃で食べたようですな」

舌の友人はなにを喜んでいるのかといった表情であった。私は食道で食べる人の話をした。喉仏までご馳走がいって満足するらしい、といったら、友人はげんなりした顔付きで私を見ていた。

ある若い友人とやや有名なレストランでエビフライを食べた。どちらも胃で食べる方である。ところが友人は一口食べてやめてしまった。揚げすぎでにがかった。私は戦争中こういう訓練はしてある。それと兵隊で松茸めしというのを知っている。私は料理人の気分を悪くしないような習慣が出来ている。

「お味はいかがですか」

ボーイさんがきいた。

「にがくって食べられたもんじゃない」

友人がにがにがしい表情でいった。

ボーイさんは友人のエビフライを持って姿を消し、やがて戻って来るといった。

「揚げすぎでした。申し訳ございません。今後十分気を付けます」

伝票を取り、友人の分をタダにした。

「おかしいよ、あなたが食べないのはあなたの勝手だ。ぼくはこの店に敬意を表して漢方薬みたいなのを無理して食べた。タダにするのならぼくのをただにすべきだ」

「証拠がおなかんなかじゃねえ」

友人は刑事みたいなことをいった。

私も、友人も食後コーヒーをのむのが好きである。このレストランでものむ。アメリカンコーヒーである。

「麦茶だね」

「お湯にお砂糖とミルクを入れたってところだね」

こういうことになる。よく行くのでボーイさんが気をきかして濃い目のコーヒーをポットに入れて持ってきてくれるようになった。

ある晩、いつものボーイさんがいなくて、あたりまえのアメリカンコーヒーが来た。

「麦茶だ」

「砂糖湯だ」

がはじまった。

「どうかしましたか」

ボーイさんは変なお客さんと思ったことだろう。

「いつものコーヒーが欲しい。これはまずいよ」

友人がいった。ボーイさんは首をかしげて新しいコーヒーを持ってきた。

「これも駄目、いつものやつなんだけどなあ」

そう友人がいった。やがてボーイさんは、いつものコーヒーの入っているポットを持ってやってきた。やっと来たかと喜んでいる私たちに、

「これはお湯でございます」

ボーイさんはポットを置き、そのわきにレスカフェインのインスタントコーヒーをびんごと置いた。私たちは文句を言い言いレスカフェインのインスタントコーヒーをつくってのむのであった。

私はこのエビフライとコーヒーの件をある雑誌に書いた。よせばいいのに友人は雑誌をインスタントコーヒーのボーイさんに進呈した。数日後、私たちはこのレストランに行った。食事がす

んだら、

「今日のコーヒーは濃いですよ」

インスタントコーヒーのボーイさんがニコニコしながらポットを持って来た。なるほど濃い、コーヒーの煮汁みたいなものである。一口のんで、コーヒーは下手に濃いのより、下手に薄い方がおいしいと悟るのであった。友人はのんじまった。特別製の舌と胃袋なのであろう。

空きびん人生

毎日ぶらぶらしている生活だから退屈かというと、そうでもない。勤めていた頃、仕事が暇になって、ただ椅子にかけている方がよっぽど退屈で困った。

音楽というものがある。本というものがある。ぶらぶら歩きの楽しみがある。仕事とか損得に関係の無い友人たちがいる。三度の食事がおいしく、よく眠れるということがある。三十分おきに間食するという楽しみもある。出っぱってきたおなかをいかにして引っ込めるか、と悩む楽しみもある。時間にしばられず好きなことをやれる自由がある。いま私を拘束しているのは宇宙の時間だけである。文句をいったら罰があたるというものである。

こんな気分のとき、散歩から帰って、心地良い疲れで、椅子に掛け、足を伸ばし、パイプをすい、イージー・リスニング・ミュージックをきいて、足の散歩のあとの心の散歩をやっていたら、

「良きサラリーマンではなかったな。人材銀行へ行ったら門前払いというところだな」

ふっとそんなことを思い、ドイツのビールびんの笑話を思い出した。古い戦前の笑話である。

どうしてそんなことを思い出したのか分らない。

第一次大戦後ドイツはものすごいインフレになった。兄弟がいて、兄は良く働きせっせと貯金をしていた。弟はなまけ者でのんべえで稼いだ金はビールになっていた。兄はほめられ、弟はけなされていた。

それが戦争後のインフレで兄の貯金はパアになってしまった。そして弟ののみためたビールの空きびんと口金は物置きに一杯たまっていて、えらく高く売れたので、のんべえの弟は、良くぞビールをのんでくれた、と感謝されたということである。

「弟の方だな、道草ばっかしだった。しかし、定年後は空きびんが役に立つ」

と私は考え、苦笑していた。私はこの感想を定年二年前の友人に話した。

「いいお話です。私もせいぜい定年までに空きびんをためておきます」

友人はそういった。ただこの友人、のんべえなので、どっちの空きびんをためるのか心配である。

＊

勤めをやめてから、ときにはもとの勤め先の人を思い出す。そしてひとしおなつかしく思い出すのは、会計課の女性である。

退職後は厚生年金と企業年金と預金の利子とが生活費として来る。来るには来るのだがそれらは通知が来るだけである。そして私が「打ち出のカード」と名付けているキャッシュカードで、銀行の自動支払機のボタンを押すと、やっと流通するお金が手に入る。

「打ち出のカード」は霊験あらたかな魔法のカードみたいな気がする。という訳は、通知は来るし、ボタンを押せばお金は出て来るけれど、そこまでのからくりを目で見る訳にはいかない。このからくりを目で見ることが出来ないというところがなんとなく魔法じみていて、なんとなく手に入るお金が頼り無いのである。その点現職中は会計課に行くと、みんな仕事をしている。全員なにも私の月給のために働いている訳ではないだろうけれど、会計課が機能しているということは、私の月給にもなんらかの関係があるのである。

月給日の前日はいそがしそうである。そして月給日にハンコを持って行けば、会計課の女性はお札の入った袋をくれる。いい気持なものである。「打ち出のカード」では味わえないなにかがあった。私の勤め先では銀行振込みということになっている。しかし給与を銀行振込みにするには本人の承諾がいる。労働基準法では現金で支給することになっている。だから本人があくまで現金支給を希望すれば、現金で支給しなければならないことになる。

会計は面倒だからなんとかかんとかいって銀行振込みにさせようとしたけれど、とうとう定年まで袋入りでもらった。だって、会計課の女性は美人である。この美人がニコヤカにほほ笑んでふくらんだ袋をくれる。そして雑談をする。銀行振込みではこうはいかない。しかし退職金は銀行振込みにしてもらった。だからわが生涯ではじめての大金を手に入れたけれど、通帳の数字だけしか見ていない。だから退職金をもらったという実感が無い。ときに退職金を預金していることを忘れることがある。退職金は金貨でくれたら良いだろう、と思う。毎日その金貨を磨いて暮したらどうであろう。定年退職もことのほか楽しいものではなかろうか。どうすれば金粉を削ってちょろまかせるかと考えているうちに一生はすぐ終ってしまうのではないだろうか。

退職金が手に入ったら、モンテカルロかラスベガスに行って三十倍にするくらいの覇気が欲しいものである。ラスベガスよりはモンテカルロの方が上品で私は好きなのだけれど、いまはラスベガスの方が都合がいいようである。というのは賭というのは必ず儲かるとは限らない。負けて退職金の底がついたら、大柄で頭の禿げた血圧の高い日本人を探して立替払いをお願いするのである。当然ながら断わられるであろう。そしたら、

「お返し出来なかったらロッキードの玩具を買ってあげます」

そういって、両手を横に伸ばして飛行機の飛ぶ真似をしてカジノのなかを走り回れば、頭がおかしいということで確実に強制送還してもらえるだろう。

頭のおかしくない定年退職者は、一生働いて手に入れた退職金を金融機関に塩づけにしてじっとしているというのが定則みたいなものであるようである。

退職後、会計課の手を離れると、税金の源泉徴収というものが、こっちにとっては楽だったということが分る。税金の支払いも、確定申告とやらも全部自分でやらなければならなくなってくる。ちょっと疑問のところがあっても、いままでのように会計課で教えてもらうという訳にはいかない。考えてみれば会計課というところは、税務署の無給出張所みたいなところである。

退職して収入がぐんと減ったところに、国民健康保険は前年度の収入で取られるから最高分を取られる。地方税も前年度の収入でくるから、真実どうして払おうかと思う。やっと払ったと思うと月給から引く分の地方税を月給から取れなくなったから支払えといってくる。いやなことをしやがるなと思いながらそれを払い、もういいなと思っていると、原稿料五万円の申告が無かったけれど、その分を支払えといってくる。五億円ではない。なんともひつこいものである。

税金には、定年退職というものはないんだろうか。落語だって、横丁のご隠居が税金を払うなんてきいたことがないではないか。

私は小企業の社長をやっている友人に、税法上は当然のことなんだろうが、続けざまに地方税の納税通知書が三回も来るというのは、定年退職者にとってはいやな気分なものであることをいった。友人は、

「いま頃そんなことに気付いたんですか。あんたは幸福な人だ」

と苦笑していた。

＊

あるところから原稿を頼まれたことがある。サラリーマンのことで、短いものの連載であった。サラリーマンの生活に、そんなに面白い話は無い。みみっちい話ばかりである。たとえば、ある友人の会社で、どこか料理屋で課の集まりをした。当然のことながらお酒が出る。女性の職員もいた。余り付き合いのいい方でもなく、けちんぼうな男がいた。石部金吉である。女性にもてる男ではない。付き合って面白い男でもない。お酒が回って陰なる男が陽になった。いつも仏頂面のその男には笑顔を見せない女性たちも課会の席ともなれば、お世辞の一つもいったのであろう。彼はいいご機嫌になって、

「お小遣いをやる」

たまたまその日が月給日だったので、そのなかから何枚かのお札を二、三人の若い女性に配って歩いたのである。はじめのうちは気味悪がっていたけれど、そこは現代娘である。有難くお小遣いを頂戴しておいた。

翌日、昨夜は陽なる男になったのが、いつもの陰なる男になって出勤してくると、深刻な顔で考え込んでいたが、昨夜、お小遣いをやった女性たちを一人ずつ廊下に引っ張り出すと、

「やったお小遣いを返してくれ、あれは間違いであった」

全部回収したそうである。

私はそのことを「帰って来たお小遣い」という題で書いてみたら採用になった。そのつぎに書いたのは友人の会社の慰安旅行のことである。旅館には冷蔵庫がある。酔っぱらってしまうと誰れがなにをのんだのか分らなくなってしまう。それで友人は旅館に電話をかけて、冷蔵庫全部に鍵をかけるようにといった。旅館の方では、鍵を開けといてくれというお客さんはあるけれど、鍵をかけとけといわれたのははじめてだ、といって暗にしみったれだなあと突っけんどんな返事の仕方であった。

旅行に行かなかった友人は、旅行に行った者にきいてみた。

「冷蔵庫に鍵がかかっていたでしょう」

「かかっていましたよ。ぼくの部屋のは冷蔵庫の鍵がこわれていたんです。太い鉄の鎖で冷蔵庫を巻いて、大きな南京錠がかけてありましたよ」

私はこのことを「鎖につながれた冷蔵庫」という題で書いた。これも担当者の採用するところとなった。

私の友人の会社で社内報を出していた。その担当者はよく印刷所へ原稿を持って行ったり出張校正をしていた。いつも往復タクシーを利用していた。それがあるとき、社長の原稿を置き忘れたか盗まれたかした。タクシーの車内ではなく、その頃まだあった都電のなかである。どうしてそのとき都電に乗っていたというのが分ったかというと、失った原稿は大切なものである。警察に届けた。その届けに紛失場所を明記しなければならなかったという訳である。

「どうして都電になんか乗ったんだ」

と上役にきかれて、

「いつまで待ってもタクシーが来ませんでしたから」

「だってきみ、五年間一度も都電に乗ったことがないじゃないか」

上役はいった。担当者は以後タクシーに乗ることなく、交通費の請求伝票は都電ばかりになったそうである。

私はこのことを「都電復活」という題で書いた。しかし採用されなかった。

私の友人で会社のお得意さま接待を仕事としているのがいる。連日終電車より遅いからタクシーを利用する。翌朝の出勤も友人の場合はタクシーでの出勤を認められている。だから毎日タクシーご通勤である。車代は会社持ちである。そして会社は定期代も通勤費として払ってくれる。友人は通勤費をもらっているのが心苦しい。それでその金で通勤用の靴を買っている。友人は、家に結構靴がたまっているといっていた。私はこのことを「二足の草鞋」という題で書いた。しかし採用されるところとならなかった。

ずっと昔、私は勤め先の慰安旅行に行った。二人部屋が割り当てられた。同室の人は、たいへんおとなしい人柄なのだけれど、ものすごい鼾をかくのであった。手で耳を押えてみたり、枕を耳にあてがってみたり、私は悪戦苦闘したけれど寝つかれない。私は溜息とも悲鳴ともつかない唸り声をあげた。そしたら鼾がしばしやんだ。また鼾がはじまったから、

「おい」

と怒鳴ったら鼾がやんだ。それで私は鼾がはじまると、なにか叫んだ。そのうちにただ叫んでも面白くないので、

「ウォー　ワンワン」

とか、

「ゴロゴロ　ニャーオ」

とやらかした。やっているうちになんとも馬鹿らしい愉快な気分になって、大いにやった。鼾になれたのか叫び疲れたのか、そのうちに私は眠り込んだ。

翌朝、朝食で近くの部屋に泊った友人と顔を合わせた。友人は目を赤くしていた。

「どうしたんだい」

私がきいたら、

「夜中にイヌとネコが喧嘩しやがって、うるさくって眠れなかった」

目をしばたたいていた。私はこのことを「深夜の叫び」という題で書いた。これは採用になっ

た。

私の友人で、仕事でタクシーをつかったのがいる。請求伝票を見た上役は、彼に、

「経費節約の折りからバスを利用するように」

といった。数日後、べつの上役にクラブにさそわれた。上役はホステスにタクシーのチケットをくれないかとねだられた。上役は唯々諾々とやっていた。

「サラリーマンというのは上の者には住み良く、下の者には住みにくいところだね」

と友人は私にいった。私はこのことを「上と下」という題で書いた。採用にならなかった。

どうも私に原稿を頼んだ担当者はタクシーに恨みがあるような気がしてならない。

心の旅路

私の友人がいったことがある。

「旅行っていうと、大層なことをしないと旅でないと思っていますね。列車に乗って、飛行機に乗って、遠いところに行って、旅館に泊って、そうしないと旅行でないと思っているみたいですけれど、旅ってのは、五分のところでも、五時間のところでも、新しいものにふれて心が新鮮になれば、あるいは安まれば、それで旅したことです。時間も距離も問題ではないです。問題は心です。極端にいえば旅は自分の家にいたって出来るもんです。どんな遠くへ行ったって、景色のいいところへ行ったって、心が反応しなかったら、旅したことになりません」

そんなもんかなと思う。

私の勤め先では、定年退職後一人五万円、夫婦で十万円までの定年退職慰安旅行の制度がある。古い制度で金額が物価にスライドしていないから、うっかり旅行すれば足が出る。ポンとくれるのではない、領収書がいる。

三十年勤めて五万円とはケチだな、と思うけれど、これは私がケチだからそう思うのであって、気持を有難く受けなければいけない。みんな喜んで旅行に行き、感謝一杯の感想文を書いている。私は定年退職後、一年たったけれど、まだ旅行に行っていない。五万円にこだわっている訳ではない。どうも定年退職すると旅行に出かけるのが、まるで人生の順序のようであるけれど、私は旅行をする気にならない。旅というのは、行きたくなったらするもので、定年退職したとか、もとの勤め先が五万円くれるからといって、あわててするものでもないだろう。

定年後は毎日を楽しく出歩いている。サラリーマンというのは朝夕通勤電車に乗っている。三十有余年私は電車にゆられていた訳である。サラリーマンの揺り籠である。定年になって勤め先のネコスの椅子はちっとも恋しくないけれど、揺り籠の方は続けるのがいいだろうと思っている。それで銀座まで定期を買って、毎日出歩くのである。

「まだお出かけじゃないんですか」

オクさんに催促される。

池袋で友人に会えば、

「銀座は、これからですか、もう行ってきたんですか」

ときかれる。

勤めているときは、雨の日の通勤はいやだった。

「私は出勤するもんだ、と思っていますから、天気でも雨でも関係無いですね。出なくちゃいけないもんだ。そう自分を教育しちまいましたから、雨だからいやだってことはないですね」

私の友人でこういったのがいる。私もそうありたいと切に思ったけれど、定年の日まで雨の出勤はいやなものだった。なお、私の最後の出勤の日は快晴であった。

定年退職してみたら、雨の日の外出が、そんなにいやなものでなくなった。結構傘をさして銀座へ出かける。雨に歌えばの心境がやっと分ったという訳である。

だから私は友人の言葉を借りれば、定年後毎日旅をしているようなもんである。それで定年後一年ちょっとたったけれど、とうとう東京都から出ないで過してしまった。

車輌が木で出来ていて、三等は赤い筋、二等は青い筋がついていて、ドアは自動ドアでなく駅員がバタンバタンと音をたてて閉めて歩く。夜行列車が朝どこかの駅に止まる、停車時間は十分ある。乗客はホームの洗面所で顔を洗う。

田舎の温泉につく。マンションみたいな建物ではない。豪華ではないけれど日本建築である。アルバイトでない女中さんがいる。お茶とお新香を持って来る。お茶のお湯は鉄びんである。ジャーに入れたお湯ではない。朝はお茶と梅干を持って来てくれる。朝食も夕食も食堂でなく部屋で食べる。サービス料も税金も無い。

そんな列車とそんな宿屋があったなら、もっと早くどこか旅に出たろうと思うけれど、まだ当分は東京都内の旅が続きそうである。

ある日のことである。定期のある銀座より、もう少し先の駅の近くに用事があった。乗り越しをする訳である。私はぼけっとしているから、

「今日は乗り越しだよ」

と地下鉄に乗ってから自分にずっといいきかせていたのである。ところが銀座駅を出ると、ははあこんなところも通っているのか、もの珍らしさから駅の名を見る。それで「今日は乗り越しだよ」を忘れかけていた。

地下鉄丸ノ内線は、もぐってばかりいないでときどき地上へ出る。昼すぎのすいた時間である。四谷駅の地上へ出たときは、ひさしぶりで見る風景が新鮮であった。ホームを歩いているうちに、「今日は乗り越しだよ」を完全に忘れていた。降りたのは私一人であった。改札口の駅員が退屈そうな顔で私を見ていた。私は改札口で、ゆっくり良く見えるように定期を見せた。駅員もゆっくり良く見ていたようであった。

改札口を出て数十歩あるいて、乗り越しでなく改札口を通ってしまったのに気付いた。戻って払おうかと振り返ったら、ガランとした駅で改札口の駅員が私に背を向けて孤独を楽しんでいるようであった。すべてが静寂でのどかである。乱してはいけないと思って私はそのまま歩いた。

一瞬ではあるけれど東京が桃源境になったような気分であった。

これも一つの心の旅であろうか。

＊

たいていの世帯持ちはデパートへ行くのをいやがる。休日に女房子供のお供で行くからであろう。

定年後は事情が違ってくる。平日のすいた時間に勝手気儘に歩き回れる。よく銀座で会う定年退職者は、どこのデパートの便所がきれいですいているか教えてくれた。婦人物の売場の階はとくにすいているとのことであった。

朝、開店直後に行くと店員の栄誉礼を受けることになる。栄誉礼を受けつつ店内を回り、なんにも買わないで出ると、なんか得をしたような気分になる。

お客より店員の方が多い。人件費がたいへんだろうな、と思う。品物が多い。仕入費がたいへんだろうな、と思う。みんな価格に反映しているかもしれない。デパートで買うのは損かもしれない。買うのはよそう、と思いながら店内を歩き回ることもある。平日のデパートはいい散歩道である。

超音波美顔器というのを売っていた。ブクブク泡が出ている。金魚を放り込んだら金魚の酸素吸入器になるんじゃないかと思える格好である。宣伝売り出し中で、女店員が早口で誰れでも美人になれるようなことをいっている。予行練習のつもりか私しかいないのにしゃべりまくっている。

「奥さまにいかがですか」

女店員がニコヤカに私に向っていった。

「あなたがもっと美しくなったら買います」

彼女は私にペロッとベロを出してみせた。それがなんともチャーミングである。女性は超音波美顔器を買うよりベロを出す練習をした方がいいかもしれない。

デパートのエスカレーターのわきで女店員がビラを配っていたことがある。誰れにでもビラを渡している訳ではなく、渡す人を選んでいるようであった。私がエスカレーターに近付いたらニッコリ笑ってビラをくれた。私はエスカレーターに乗り、特定の人にのみくれるビラはどのようなものであろうか、とエリート意識をもって読んだ。

「老人の日、特価セール、老眼鏡」

とあった。ビラの裏を見たら、

「補聴器も特価セール」

とある。エスカレーターから降りた私はビラを丸めて捨てた。

定年になったら、一日に一度は外出しろ、いままで着ていたものはみんな捨てて新しいものを着ろ、そういった友人がいる。彼は天気ならば外出する。勤めている間は昼間から蛍光灯であった。陽をあびて歩くのは楽しい。いままで着ていたものを全部捨てるには私はけちん坊である。全部捨てないで取ってある。しかし着ない。浪人が裃を着て歩くこともないであろう。

ある日私は、ネクタイをしないですみそうなのでタートルネックのセーターを買いにデパートに行った。まず女店員の顔を見る。親切そうな美人を見つける。美人は美人でもツンとしているのはいけない。みめ美しく、情のありそうなのを見つける。昨今日本ではこういう女性が珍しくなってきた。しかし、いることはいる。私は制服は着ていても下町風の女店員を見つけた。

山の手、下町といっても、国電の山手線は走っているけれど、そういう区別は東京には無くなったようである。服装、しぐさは画一的になった。しかし顔だちにはそれが残っている。メンデルの法則は健在である。

私は下町風女店員に相談して、ベージュのタートルネックのセーターを買った。

オクさんに見せたら、

「いい色ですね」

とほめた。

私はそれを着て、若いおしゃれな友人に会った。

「くすんだ色だ。顔が黒いんだからセーターは明るい色でなくちゃ。それは税務署へ行くとき着るんだね」

そして、グリーンのタートルネックのセーターを見たててくれた。

帰ってオクさんに見せたら、

「うちにはいままで無かった色ですね」

といった。定年になるといままで無かった色が侵入して来るようであった。

そのつぎに若い友人に会ったとき、友人のすすめで赤のタートルネックのセーターを買った。

オクさんに見せたら、

「いい色ですね。でもそれを着て一緒に歩くのはお断り」

といわれた。

デパートに行った。下町風女店員がいた。私を憶えていた。

「私の顔はくすんだ色だから、明るい色だったらどれにしよう」

「黄色のいい色があるんですけれど、いまきれています。来週は入りますから」

私は、街を歩きながら、来週が楽しみであった。これで、グリーンに赤、それに黄色のタートルネックのセーターの所有者となる。しかしこれは交通信号ではないか、と街角の交通信号を見て気付いた。ところが交通信号は赤からすぐ青になる。黄色はつかないのである。交通量が激しいので黄色はつかわなくなったのであろう。そう私は考えた。それに続いて、交通信号に黄色が無くなったんなら私も黄色を買うこともないじゃないか、と考えた。なにしろタートルネックのセーターは安くないのである。

黄色を買わないでいるうちに、ひさしぶりに会った友人とお茶を飲んだ。私は赤いタートルネックのセーターを着ていた。

「定年になったら派手になりましたね」

ということから、話がグリーンと黄色、それから交通信号の話になった。

「この頃は黄色が無くなったんだね」

「そうですか気が付きませんでした」

「ぼくもタートルネックのセーターを買うまで気付かなかった」

友人と喫茶店を出て、

「ほら見てごらん」

二人で交通信号を見た。そしたら、青、黄、赤と変る。

「黄色が出ますよ」

「そうだねえ、時間で黄色をやめるのかな」

友人と別れてからも、私は交通信号ばかり見て歩いていた。その結果、止まれは青、黄、赤であり、進めは、赤、青となるのを発見した。

黄色は存在するのである。下町風美人女店員のところへ行かなければ、と思った。しかしまだ行っていない。還暦過ぎて交通信号を着こなすのは、ちとかったるい気分である。

胃袋の話

私は吉田さんに一度もお会いしたことがない。

「私は私の著作を通して知り合った人々を、顔を合わせたことはなくとも、友人、知己と思う」といったのはトインビーだけれど、私は吉田さんの書かれたものを通して吉田さんに親しみを感じている。

はじめて吉田さんの本を見たのは、昭和三十年前後だったろうか、勤め先の昼休みに丸ビルの丸善の本棚で、垂水書房刊の吉田健一著作集をなんとなく手に取って拾い読みした。白足袋と葉巻の好きな人の令息とは知らなかった。

句点のあるようなないような、長い読みよいような読みにくいような、人なつっこいようなとっつきにくいような、そんなふうに思える文章を立ち読みした。買う気はしなかったけれど拾い読みした箇所で、横須賀の海兵団に召集になっていた頃、警戒警報がでると団内の調度、荷物を表に持ち出す。警戒警報が解除になるともとに戻す。そういうことをやった。空襲は毎日あったから、毎日こういうことをやっていた。出したり戻したりの繰り返しを毎日やっているうちに、これが人生だ、と悟るところがあった。というようなことが書いてあったのが妙に気にかかって翌日までそのことについて考えていた。それで翌日の昼休みにまた丸善にいって吉田さんの本を拾い読みして、しばらく考えて、そして買った。

私はかわったことを書いている人だと思って読んでいたのだった。愛読とまではいかなかったのだろう。ところが、天丼を二つ食べて、おなかがくちくなって、瞼が合わさるような気分というのはなんともいえないよいものだ。と思わしめる文章を読んで吉田さんの本は愛読書となった。そこのところを熟読玩味していた。私は天丼を二つ食べて、おなかがくちくなって、瞼が合わさるような気分を久しく忘れていたのである。

その頃私の胃袋は病んでいて、やわらかいものを少し食べ、医者の薬を飲んでいて、ゲッゲッとげっぷをやたらに出していた。戦争中はおいしいものを食べることもなかったけれど胃袋は健康であった。戦後になって、いつとはなしにおいしいものの食べられる世の中になった。そしたら私の胃袋はおかしくなったのである。慢性だった。医者を転々としたこともある。内臓外科の医者は私の胃袋を切りたがっていた。

そんなとき天丼二つを読んだのである。私は戦争前の少年の頃を郷愁をもって思い出すのである。天丼二つ食べておなかがくちくなって、瞼の重くなる幸福の経験者だった。私だけではなかった。友人でご飯を八杯食べるので「八杯さん」と呼ばれているのがいた。真似したけれど私は「五杯さん」であった。丸顔で尨犬みたいにころころした八杯さんは、兵隊にとられ、帰ってこなかった。そんなことを吉田さんの天丼二つの文章を読んで思い出したりもした。吉田さんの天丼二つのところを読んでいるときは、私の胃袋はげっぷを出すことがなかった。そのうちに私は天丼二つ食べたくなってきた。

その頃私は同じ年頃だけど、頭が若禿の同僚と親しくしていた。太った大食漢であった。よく昼飯を一緒に食べに行っていた。ある日、私はうな丼を食べ、まだ食べられそうだったからラーメンを食べた。そしてまだ食べられそうだったのでお汁粉を食べた。若禿の友人も付き合った。頭が汗をかくというのをそこで発見した。うな丼のときはなんともなかったけれど、ラーメンになって友人の額から頭にかけて汗がふきだしていた。お汁粉のときはハンカチを出して額から頭をなでなで食べていた。若禿だから汗のふき出し工合がよくわかるのである。人間は胃袋が一杯になるにつれて頭に汗が出るものだろうか、と思ったけれど私は出なかった。事務所に戻った私は胃袋の薬をのんだ。いつものように、げっぷは出ず、胃袋の調子は良いようであった。

それで翌日も若禿の友人と昼食を食べに出かけ、天丼とお汁粉を食べたようにおぼえている。私は以来、昼食は二品食べることにした。一品だけだったときはケーキとコーヒーを加えた、要するにおなかがくちくなるまで食べるのが習慣になった。といつの間にか胃袋の薬をのむのを忘れていた。私の胃袋は戦争前の胃袋のようになったようである。しかし若禿の友人が消化薬をのむようになった。私たちの大食い昼食は三月ばかり続いていつの間にか普通に戻った。私の胃袋は健康になった。

医者に行かなくなった。医者は自分の薬で直したと思っているかもしれないけれど、私は私の胃袋は吉田健一さんに直してもらったと思っている。

垂水書房発行の吉田健一著作集のなかの一冊にまつわる思い出について書いてきた。昭和三十年前後と書いたけれど、不確かである。横須賀海兵団のこと、天井のことについても、私がおぼえているように書いてあったかどうかも、不確かである。というわけは、その本がいま手許にないのである。友人に貸してお貸し下されになってしまったのである。

本が読みたい、いい本はありませんか、という友人がいくらもいる。そのたびに私は吉田さんをすすめる。最初の本以来、二十年以上のお付き合いである。私の本棚には吉田さんの本が何冊も並んでいる。銀座で、「今吉田さんが歩いていましたよ」といわれたこともあるし、吉田さんが原稿料前借りの名人だとか、それをみんな飲んでしまうとか、英国から帰って羽田についたら電話がかかって原稿料の前渡しに行ったとか、えらい特徴のある笑い声だとか、たいへんな勉強家であるとか、よく吉田さんを知っている友人たちから聞かされたものだけれど、私は本で私なりに吉田さんに親しんでいるだけであった。

「人間の知恵というものがなくなったようですね。みんな頭の知恵、小手先の知恵だけで書いたり読んだりしているようです。でも人間は人間なんだから人間の知恵を忘れては楽しくないでしょう。人間の知恵で書いている人がいますよ」

私はそういって吉田さんの本をすすめてばかりいた。ところが数日後会って感想をきくと、読んでいないのである。

「カンマがないんでねぇ」というのがいる。

「主語がどこにあるのかわからない」というのもいる。

文章に親しむということを人がしなくなったようである。そして文章に親しむということは人間に親しむことだろう。私は吉田さんの文章に親しみながら、友人たちにあいかわらず吉田さんを読め、読めといっていた。友人たちは吉田さんの本を買い、ちょっと読んでは投げ出していた。

相当数、吉田さんの本は私の友人のところに死蔵されているはずである。

娘にも、「読んでごらん」

数日後、「どうだね」

「英語を読んだほうが楽だよ」

もっとも高校一年の娘に旧かなづかい、旧字体は無理だったかもしれない。

英国に行ってきて、その国の伝統とか文化とかなんとなく底力を感じ取って英国熱にとりつかれている友人が「英国についていい本はありませんか」ときいたから、吉田さんの「英国に就て」をすすめた。「読みにくいかしれないけれど」と読みにくさを強調しておいた。

「どうでした」

「いい本ですね。また英国へ行きたくなりました」

「読みにくくなかったですか」

「いやそんなことはありませんよ。もう一度英国へいって、ローストビーフを食べてからハイド・パークのベンチで吉田さんの本を読んだら、もっともっと英国がわかるような気がします」

もしかしたら、吉田さんの本を読みにくいといっている友人たちは、吉田さんの本を胃袋に何も入っていないときに読んだのではないのかと思う。

考えてみれば、丸ビルの丸善で吉田さんの本を買って以来、ながい年月がいつの間にか経っているのである。あのとき、横須賀海兵団というのは身近な言葉だったけれど、遠い昔の言葉になったような気もする。警戒警報とか横須賀海兵団とかいっても若い世代にすんなり通じるだろうか。天丼二つが、えらいご馳走と思う感覚の人間がどのくらいいるだろうか。ただ、マクドナルドのハンバーガーでは、天丼二つの生活の豊かさはないように思う。

いまも私は生活のご馳走が欲しくなると吉田さんの本を読んでいる。天丼のほうはいささか年をとって二つは無理のようである。それとこの頃の天プラは油が悪いのか、揚げ方が悪いのか二つ食べるのには適していないようである。

年月の流れであろうか。天丼二つ食べれなくなったのは悲しんでいいことだろう。八杯さんは戦死した。若禿の友人はいつかすっかり禿げたけれど、五十代で病死した。吉田さんも亡くなった。大正生れといおうか、旧かなづかい、旧字体に親しめる人間が少なくなっていく、これも淋しいことである。

いま私は吉田さんの「餘生の文學」を読んでいる。これは楽しい。

*

定年後、政治、経済なんかの生ま臭い話題にふれられなくなって淋しい、という人と、生ま臭い話は、もうご免だ、浮世ばなれした話の方がいいという人とがあるようである。私はどちらかというと浮世ばなれの方が好きである。なんといってもこっちの方が楽しい。生ま臭い方は楽しくない。

銀座で友人と会って歩行者天国を歩く。

「あしたの天気はどうでしょう」

私がきいた。

「黄河の上に雨雲があるそうです。日本に向っていますから、多分あさってまでは晴れているでしょう」

友人が答える。この友人も定年退職者のルンペンである。

「二日がかりで日本に来るんですか。雨雲もご苦労なことです」

「この雨雲は日本からどこへ行くか知ってますか」

「知りません」

「アラスカへ行きます。ところでアラスカの米軍気象部隊では、この雲のことをなんて呼んでいるか知っていますか」

「知りません」

「ノーキョー雲とひそかに名付けているらしいです」

四丁目を歩く。ここで交通整理の婦人警官をしばしながめるのが私の習慣である。

「あなた、婦人警官がどこでおしっこをするのか心配していましたな。和光か三越を利用するんだろうかなんて」

「ええ」

「三原橋に大きな派出所がありますよ。婦人警官がウジャウジャたむろしています。あそこまで行ってやってるんですよ」

「婦人警官を尾行したんですか」

「そんなことしませんよ。そうじゃないかと思っただけですよ」

「そうだと思いますよ。いちいちデパートのを借りてたんじゃ権威にかかわる」

「えらいところに権威を持ち出しましたね」

「権威なんてそんなもんですよ。どこか滑稽なところがありますよ。三原橋までか、ご苦労なことです。でも黄河の上空から来る雨雲に比べれば近い」

「雨雲は自分で歩きませんよ。風に吹かれてやって来るんです」

「われわれも風まかせで毎日を過しているようなもんだ」

「今日は日曜か。お勤めの頃は日曜日のいま頃から月曜の出勤を考えていやな気分にだんだんなったもんです。定年っていうと暗いことばっかしいうけれど、定年を喜んで楽しく暮している人もいると思いますよ」

信号が変った。婦人警官は、笛を吹き、手を挙げている。

葉巻好きの友人に会った。通説によると、葉巻やパイプは、けむりをふかすだけで肺には入れないということになっている。しかし、私は入れる。そして通説を思い出すと悪いことをしたような気になる。通説というのは恐しいものである。

それで葉巻好きの友人に、

「あなたは葉巻のけむりをすい込みませんか」

ときいてみたら、友人はいい質問をしてくれたと、目をいきいきさせて、

「葉巻はふかすだけなんて、葉巻をすわない人がいうのじゃないかと思います。私は肺に入れますよ。こんなおいしいものをふかすだけなんて勿体ないですよ。私は肺のみならず、体中にすい込みたいですね。そして出来たら息を止めていつまでも体のなかにおいときたいですね」

そういって葉巻をすい込むと、いとも満足した表情をしていた。

葉巻も定年も通説からは、はずれた考えの人が結構いるのではないかと私は思う。

解説

池内 紀

早川良一郎は五十歳をすぎて文筆に目覚めた人である。何冊かの著書があるが、主なものは、つぎの二冊だろう。

『けむりのゆくえ』文化出版局（一九七四年）
『さみしいネコ』潮出版社（一九八一年）

略歴を述べておくと、大正八年（一九一九）、東京生まれ。旧制麻布中学を三年で中退して、ロンドンへ留学。日本大学文学部仏文学科卒。海洋少年団本部を経て経団連事務局に勤務。平成三年（一九九一）四月、死去。

生年からたどれば、著書の性格がおおよそわかるのではあるまいか。『けむりのゆくえ』は五十五歳のときに出した。書き出したのは、その前のこと。五十をすぎて自分の人生を思い返し、とりわけ意味深かったことをつづってみた。

『けむりのゆくえ』はまず一九九部限定の私家本として出された。友人、知人に配るだけ。指おり数えても二〇〇部あれば十分なので、一つ削って一九九にしたようだ。その一九九人のなかに具眼の士がいたらしく、同年、日本エッセイストクラブ賞を受賞。出版社が名乗りをあげて、一般向きの本になった。文化出版局刊で、辻まことの挿絵がついていた。

ついでながら、『けむりのゆくえ』のタイトルはこの刊行に際してつけられたもので、私家本ではA STUDY OF SMOKINGだった。たしかシャーロック・ホームズの生みの親コナン・ドイルの処女作はA STUDYではじまっていたから、もしかすると、それをもじってのことかもしれない。

『さみしいネコ』は、六十で定年をむかえて以後のこと。サラリーマン暮らしを終えてからペンをとった。定年後のサラリーマンを「さみしいネコ」にたとえたぐあいだが、当人はちっともそうではなかったようだ。おりおり、さみしいネコのふりをして、たのしんでいたようである。

略歴にうかがえるとおり、ごくふつうの人だった。勤め先はモーレツサラリーマンといわれるタイプが勤めるようなところではない。経団連には財界のお歴々が出入りするのだろうが、事務局は影のような部局であり、そこでも早川良一郎は、たいして出世せずに終わった。

その経歴のなかでただ一つ「ロンドンへ留学」が目をひく。『けむりのゆくえ』にくわしく述べてあるが、酒を飲むと気が大きくなり、なんでも人のいうことをきく父親の「習性」を利用したという。

ユーモアに託されているが、これも生年にもどってたどり直すと、おおよそわかる。その中学時代は一九三〇年代半ばのこと、わが国が急速に軍国化していったころである。教育体制にも影響が及びはじめた。それがイヤでイギリスをめざしたのではなかろうか。「自由」という一点は、一介のサラリーマンとして生きた生涯にあって、早川良一郎が決してゆずらなかったところである。

ロンドンへやってきたが、何もすることがない。毎日のようにピカデリーの盛り場へ出かけて射的をしていた。射的屋の娘と仲よくなった。射撃の腕もあがり、ほどなく百発百中の腕前になった。

しかしながら、射的をするためにイギリスに来たわけではない。ともかく有名な大学へ出かけ、入学を願い出たところ、受付の女性から、おまえの英語力ではとても無理だと言われた。

つづくやりとりを、『けむりのゆくえ』から引いておく。

「はじめから英語の上手な者は英国人だっていないであろう。ここで学べば上手になるであろう」

「無理である」

「しからば私はどんな学校へ行ったらいいであろうか」

「それはあなたのきめることである」

「それゆえ、私はこの学校を希望する」

「それは至難である」

あきらめて、しおしお帰りかけたら、かたわらでパイプをくわえて聞いていた白髪の紳士が、受付の女性に何やら言った。

「イエス　サー」

カードを取り出してきて記入せよという。プロフェッサーの言うところによると、入学はやはり無理だが、聴講生としてなら、この学校に来てもよろしい。パイプをふかしながらニコニコしている。それからパイプを口からはなして、こう言った。

「教育は、英語だけではないであろう。ここでみんなと知り合うことも教育のひとつであろう。ここにきて、みんなと、スポーツをやったらいい」

先生はパイプをふかしつつ事務室を出ようとしたが、ふと立ちどまり、「若者よ」と声をかけてきた。

「背すじを伸ばしなさい。この学校できみが最初に学ぶことは、背すじを伸ばすことであろう」

パイプタバコの匂いを残して、プロフェッサーは去った。パイプはいいものだな、と日本の青年は思った。ネコ背を伸ばして事務室を出た。

「そしてこれが私とパイプとのはじめての出会いであった」

はじめて早川良一郎の本を読んだのは、いつだったろう？　シャレていて、ユーモアがあり、独特の語り口でつづられている。とりわけ人間の見方、えがき方がステキだった。何度も読んだ。人にもすすめたが、絶版であれば古書店で探すしかない。

そのうちエッセイを書いた。タイトルは「パイプとネコ背」。さきほど引用した個所によっている。わがエッセイのおしまいは、つぎのとおり。

「この名エッセイ集が絶版のままゆくえ不明になって、もう二十年になる」

それからしばらくして、小さな出版社から〈池内紀のちいさな図書館〉というシリーズが出ることになった。ゆくえ不明の良書を編集し直して、「ちいさな図書館」をつくろうというのである。「しめた」とばかり、さっそく『けむりのゆくえ』を収録した。小型本のシリーズなので、全部は入れられない。全五章のうち、涙をのんで一章分はあきらめた。『早川良一郎のけむりのゆくえ』（五月書房・一九九七年）のタイトルだった。

ゆくえが定まってホッとしたが、省いた一章が、胸に突き刺さった針のような気がした。

「ちいさな図書館」は全二十冊の予定でスタートしたが、小出版社の財務にほころびができて、六冊で中絶した。胸にまたべつの針が刺さったぐあいだった。

早川良一郎は、イギリスではもっぱら、パイプタバコを学んで帰ってきた。自分でも述べている。

「私は学問の方は駄目であるけれど、パイプはすおうと決心した」

指南役のプロフェッサーの言うには、安楽椅子に深々とかけて、何時間もパイプをくゆらしながら、考えが浮かべば考え、ぼやっとしていられれば、ただそうしている。これこそ人生の幸福のひとつ――。日本の青年は、それは体力を失った老人のセリフであって、そんな心境になったらお墓が近いだろうと考えた。

「一九七〇年代、私も年をとり、お墓も近いようである」

これは定年前のこと。定年後はお墓がもっと近くなったはずだが、はたしてどのような心境に立ち至ったか。

『さみしいネコ』は「自由への道」と題した冒頭、「テレビで定年退職者のドキュメント番組をやっていた」から、おしまいの「心の旅路」まで、すべて定年退職後の日々にかかわっている。早川良一郎はそれを人一倍たのしく生きて、あざやかに書き残した。『さみしいネコ』は優れた人間観察にもとづき、つつましやかな寛容の精神でつらぬかれ、定年退職者のバイブルというものだ。こういう人こそ、本当の教養人というのだろう。群れることを好まず、党派や派閥などといっさい縁がなく、ひっそりと人と世の中をながめていた。少しシャイな話し方、しぐさ、他人へのいたわり、私的なことの領域に対するつつしみ。こまやかな神経が通っていて、しかもちっとも窮屈ではない。いつものほほんとしている感じで、澄んだ空気のかたまりのようだ。

定年後の「余生」十二年というのが、心なしかこの人らしい。長すぎもせず、短かすぎもせず、十分に満喫して、飽きのくる前におサラバ。わが手本と、ひそかにこれもまた、考えている。ナマ身の人は知らないが、写真は一枚見たことがある。銀座のパイプ屋らしい。体を少し斜めにして、軽くケース棚に寄りかかり、右手でパイプをふかしている。ちょっぴり小柄なイブ・モンタンといったぐあいなのだ。

編集にあたって『さみしいネコ』の「ロンドンの犬」、「おせんにキャラメル」、「あとがき」をけずり、先に省いた『けむりのゆくえ』から「土曜の午後……」の一章を割りこませた。パイプの前史、また著者の前歴をつたえるつくりにしている。「ネコ」のけずりで、また少し胸が痛んだ。

本書は、二〇〇五年月十二月にシリーズ「大人の本棚」の一冊として小社より刊行された『さみしいネコ』を、単行本（新装版）として刊行するものです。

著者略歴

（はやかわ・りょういちろう）

1919 年 3 月 3 日，東京生まれ．麻布小学校から麻布中学校へ．中途でロンドン大学に遊学．日本大学文学部仏文科卒業．海洋少年団本部を経て，経団連事務局に勤める．1979 年定年退職．『A STUDY OF SMOKING』（199 部限定私家版，のちに『けむりのゆくえ』と改題）で第 22 回日本エッセイスト・クラブ賞受賞．他に『パイプと月給』（文化出版局），『むだ話，薬にまさる』（毎日新聞社）など．1991 年没．

解説者略歴

（いけうち・おさむ）

1940 年，兵庫県生まれ．ドイツ文学者，おもな著訳書『ウィーンの世紀末』（白水社）『海山のあいだ』（角川文庫）『ぼくのドイツ文学講義』（岩波新書）『見知らぬオトカム』『遊園地の木馬』（みすず書房）『カフカ寓話集』（岩波文庫）ゲーテ『ファウスト』（集英社）カフカ『失踪者』（白水社）『池内紀の仕事場』全 8 巻（みすず書房）ほか．2019 年没．

早川良一郎
さみしいネコ
池内紀解説

2005年12月19日　初　版第1刷発行
2022年 4 月 8 日　新装版第1刷発行

発行所 株式会社 みすず書房
〒113-0033 東京都文京区本郷2丁目20-7
電話 03-3814-0131(営業) 03-3815-9181(編集)
www.msz.co.jp

本文印刷所 三陽社
扉・表紙・カバー印刷所 リヒトプランニング
製本所 誠製本

Printed in Japan
ISBN 978-4-622-09098-4
[さみしいネコ]